300개의 단상

300 ARGUMENTS

Copyright ⓒ 2017 by Sarah Manguso
All rights reserved.

Korean Translation Copyright ⓒ 2022 by PILLOW
This translation is published by arrangement with
Janklow & Nesbit Associates through Imprima Korea Agency.

이 책의 한국어판 저작권은 Imprima Korea Agency를 통해
Janklow & Nesbit Associates와의 독점 계약으로 필로우에 있습니다.
저작권법에 의해 한국 내에서 보호를 받는 저작물이므로
무단전재와 무단복제를 금합니다.

300개의 단상

세라 망구소

서제인 옮김

일러두기
1. 본문의 각주는 모두 옮긴이 주다.
2. 원문의 이탤릭체는 **평균체**로 바꾸어 표기했다.
3. 단행본에는 겹낫표(『 』)를, 신문이나 잡지에는 겹화살괄호(《 》)를 사용했다.

어떤 훌륭한 사진가는 자기가 꼭 시를 써야 한다고 우긴다. 어떤 멋진 에세이스트는 자기가 꼭 소설을 쓸 거라고 말한다. 천사 같은 목소리를 지닌 어떤 가수는 자기가 작곡한 끔찍한 노래만 부르겠다고 고집을 피운다. 그러니 사람들이 나로서는 쓰고 싶지 않은 이런저런 것들을 글로 써봐야 하지 않겠느냐고 내게 말할 때면, 그 말이 무슨 뜻인지 알 것 같다.

———

당신의 가장 수치스러운 부분을 고백하는 것으로 시작하는 것이 좋다. 다른 내용으로 시작하면 그게 뭐든 그저 지루한 배경 설명이 되어버릴 것이다.

———

섹스를 위해 결혼을 포기할 수도 있고, 결혼을 위해 섹스를 포기할 수도 있다. 일하기 위해 부모 되기를 포기할 수도 있고, 부모가 되기 위해 일을 포기할 수도 있다. 각각의 선택은 모두 나름대로 가치 있다. 문제라면 그게 다다.

대학에 지원할 때 제출한 에세이에 어린 시절 어느
피아노 경연 대회에 참가해 연주했던 일에 대해 썼다.
그 대회에서 나는 내 바로 앞 차례였던 아이에게 지고
말 거라는 사실을 알고 있었다. 나는 이렇게 썼다.
저는 제가 질 것임을 알았지만, 그럼에도 심사위원들의
기억에 무언가를 남기고 싶다는 마음으로 연주했습니다.
자존감을 쥐어짜 내기 위해 애쓴 나머지 그때 내
얼굴에는 경련이 일었는데, 나는 심사위원들이 최고였던
피아노 연주자에 대해 내린 결정보다 나의 그 경련이
더 훌륭해 보이도록 글을 썼다. 나는 그렇게 대학에
합격했다.

————

교수 회의에서 200만 부나 팔린 책을 쓴 사람 가까이에
앉게 되었다. 성공이 내게서 너무도 가까운 곳에,
손만 뻗으면 닿을 곳에 있는 느낌이 들었다. 하지만
지하철에서 패혈증에 걸려 죽어가는 사람 가까이에 앉게
되었을 때, 그가 걸린 병에 내가 걸릴 거라는 생각은
절대로 들지 않았다.

남의 기분을 상하게 하는 것과 남에게 거짓말을 하는 것
중에 어떤 것이 더 나쁜가? 말할 차례가 되었을 때 뭔가
멍청한 말을 하는 것과 아무 말도 안 하는 것 중에서는?
당신이 어느 쪽인지 말해보라, 그러면 당신의 문제가
뭔지 말해 주겠다.

———

자신을 타인과 비교할 때 생기는 문제는 너무 많은
타인이 존재한다는 사실이다. 타인 전체를 대조군으로
삼으면 당신이 가장 끔찍하게 두려워하는 것과 가장
낙관적으로 바라는 것이 동시에 현실로 다가온다. 자신이
좋은 사람인 동시에 나쁜 사람인 것처럼, 비정상인
동시에 다른 모두와 다를 바 없는 사람인 것처럼
느껴진다.

———

어떤 사람들은 오래 알고 지낸 사람과 빚은 갈등을
해소하는 것보다 새로운 사람을 만나는 편이 더 쉽기
때문에 오랜 친구와 연인을 버린다. 갈등을 해소하려면
자기가 저지른 실수를 인정하거나 상대를 용서해야
하는 경우에 더욱 그렇다. 나는 지금 어떤 멍청한 인간
이야기를 하고 있다. 하지만 그 멍청한 인간이 자기가
나라는 멍청한 인간을 버린 거라고 생각하면 어쩌지?

내면의 아름다움 역시 점점 시들어갈 수 있다.

———

우리 집 근처에 사는 물새들은 마치 중학생 같다.
검둥오리들은 목소리가 갈라졌고, 갈매기들은 오리들을
못 살게 굴고, 방금 치아 교정기를 낀 듯한 백로는 자존심
상한 얼굴로 혼자 서 있다.

———

많은 새의 이름이 의성어로 되어 있다. 새들은 자기
이름을 스스로 붙이는 것이다. 그 반면에 물고기들은
물속을 떠다니다가 누가 붙여주는 이름을 가져야 한다.

누군가를 너무 사랑하는 것 같아 두려워지면 나는
그를 피하곤 했다. 한번은 10년 동안이나 그랬다.
그러다가 결혼한 뒤 오랜 시간이 지나 꿈속에서도 내가
늘 기혼자로 등장하게 되었을 때, 나는 그 사람에게
가서 예전의 욕망을 다시 느끼고, 그것이 그저 하나의
느낌으로만 남을 것임을 확인할 수 있었다.

———

꿈속에서 친구와 내가 그 행위를 시작한다. 우리는
둘 다 곧바로 그만두고 싶어 하지만, 어떤 알 수 없는
이유 때문에 억지로 계속한다. 나는 우리 두 사람에게
그 행위가 조금이라도 즐겁기는 했을까 궁금해하며
잠에서 깨어난다. 그날 하루 종일 꿈에 대해 생각하고,
그 생각에 몰두한다. 그 후 이틀 동안 더 생각하다가,
나는 결국 그 친구와 사랑에 빠진다.

———

꽃병처럼, 마음도 깨지는 건 처음 한 번이다. 그다음에는
이미 가 있는 금들을 이겨낼 수 없을 뿐이고.

아침마다 희미해져 가는 어떤 장면들 속에 머물다 잠에서 깼다. 나오는 인물과 배경은 매번 다르지만, 그 장면들은 하나같이 그 옛날 내가 처음으로 누군가에게 품었던 욕망의 반복이다. 그토록 아름다웠던 열여섯 살 소년의 모습으로 내게 출몰하는 유령이다.

———

내 친구는 중국으로 가기 전에 중국어를 배웠지만, 그가 아는 몇 개 되지 않는 어휘는 식료품을 살 때나 유용할 뿐, 사랑에 빠질 때는 전혀 도움이 안 된다. 친구는 마음이 아플 때조차 이렇게밖에 말할 수 없다. **왜 나랑 안 자요?**

———

나는 말이 나오는 시를 몇 편 썼지만 말을 타본 적은 한 번도 없다. 말은 그저 문학작품에 등장시키기에 더없이 좋은 존재인 것 같다.

누군가의 전기에는 될성부른 나무의 떡잎인 줄 알았는데
결국 아닌 것으로 판명된 사건들도 들어가야 한다.

———

facility라는 단어는 **병원**이라는 뜻이지만 그
밖에도 건물에서는 감옥을, 예술에서는 **생명력 없음**을,
운동선수에게서는 우아함을 의미할 수 있다. 겉으로는
완벽해 보이는 몸짓이라도 그 안에는 틀림없이 인간의
심장이 뛰고 있을 것이다.

———

학교에 다닐 때 술에 취해 필름이 끊겼다가 깨어나서
주위 사람들에게 이렇게 말하는 걸로 유명했던
한 여학생이 기억난다. 저를 심판하러 오셨나요?

현실에서, 건강했던 내 남자 친구는 마비성 질환을 가진
내가 부럽다고 했다. 내게는 신경쇠약에 걸릴 타당한
이유가 생긴 셈이라면서. 몇 년 뒤 그는 사고를 당해 목
아래로 온몸이 마비되었다. 누군가가 써놓은 형편없는
각본 같은 이야기지만.

———

천재는 뭔가를 쉽게 해낸다기보다는 빨리 해내는
사람들처럼 보인다.

———

꿈속에서 완벽한 산문을 읽었는데, 깨어나서 기억나는 건
다음 몇 문장뿐이다. "고마워요." 그 여자가 말했다.
그 간단한 대답은 진실을 숨기고 있었다.

공중전화 부스에서 나와 섹스를 나눈 한 남자는
나와의 연애가 끝나자마자 서둘러 결혼했다. 그가 쓴
장편소설에는 모든 것이 들어 있었다. 공중전화 부스,
수치심, 그가 배에 찬 의료 보조 기구를 가리기 위해 하고
있던 장식 띠까지. 소설 속에서 장식 띠가 가리고 있는
건 다리에 한 깁스다. 그의 웹사이트 메인 화면에는 눈
속에 외따로 떨어져 있는, 눈부시게 빛나는 유리로 된
공중전화 부스 그림이 있다. 그 책은 평이 좋지 않았다.
그는 아이가 둘이다.

———

내가 페이스북에 가입하지 않은 이유는 내 오래된
갈망들을 그대로 간직하고 싶기 때문이다. 그리고 당신의
갈망들도.

———

우리는 사실처럼 보이지만 허구인 이야기(리얼리즘
소설), 허구처럼 보이지만 사실인 이야기(실화를
바탕으로 한 범죄 수사물), 허구처럼 보이면서 허구인
이야기(용과 슈퍼히어로가 나오는 이야기), 혹은
사실처럼 보이면서 사실인 이야기를 좋아하지만, 사실
가장 어려운 건 그게 뭔지에 대해 합의하는 일이다.

한 편의 작품을 가장 빠르게 퇴고하는 방법은 의견을
듣기 두려운 사람에게 밤늦은 시간에 그 작품을
보내는 것이다. 그런 다음 고쳐 쓰는 것이다. 늦어도
다음 날 아침에는 고쳐 쓴 원고를 다시 보낼 수 있기를
기도하면서.

———

최악의 일로 후회라는 걸 해보면 불행해질 만한 일을
한 적 없는 자신이 딱 한 걸음을 잘못 내디뎌서 그 모든
불행을 겪게 됐다는 믿음도 사실이 아님을 깨닫게 된다.

———

내가 긴 글을 쓰지 않는 이유는 속도를 인위적으로
늦추는 일에 관심이 없기 때문이다. 나는 내가 쓸 문장이
가져올 결과가 희미하게 어른거리자마자 방아쇠를
당긴다.

선생님이 울음을 터뜨리는 동안 나는 귀 기울여 들었다. 선생님은 당신이 쓴 책들은 한 번도 돈이 된 적이 없고, 그나마 유명한 책도 마찬가지라고 했다. 선생님은 완벽한 책을 쓰려고 노력하면서 평생을 다 보냈고, 돈을 좀 벌어보려고 했을 때는 벌 수 없었다. 그 말을 할 때 선생님은 늙어 보였다. 그만큼 늙어버린 기분을 느낄 일이 내게는 없을 줄 알았는데, 결국 내게도 그런 순간이 왔다.

―――――

서른이 안 된 작가들과 마흔이 넘은 작가들의 차이는 이렇다. 전자는 그 나이대의 다른 사람들이 대체로 그렇듯 유명인처럼 행동하는 법을 이미 알고 있다. 사진을 찍히는 일이 직업인 사람들처럼.

―――――

미래를 향해 물어보고 싶다. 그만 포기해야 할지, 계속 노력하는 게 옳을지. 그런데 한편으로는 이런 생각도 든다. 실패할 것이 확실한 상황에서 기울이는 노력이 성취만큼 근사하게 느껴질 수도 있잖아. 그럼 어쩌지? 실패가 성취보다 오히려 더 근사하면 어쩌지? 그래서 고민은 원점으로 돌아오고.

공포는 당신의 내면에서 하룻밤을 묵힌 두려움이다.

———

세상을 떠난 친구를 떠올리면 괴로워서 견딜 수 없다.
친구와 아무런 상관 없는, 그렇지만 언제나 나를 울게
만드는 몇몇 글들을 다시 읽는 일은 견딜 만하다.
이럴 때 슬픔의 저수지는 감당할 수 있는 수준까지만
슬픔을 방출한다. 나는 이 방법을 써서 친구를 떠올리지
않으면서 그를 애도할 수 있다.

———

슬퍼하다 보면 때가 온다. 다른 사람들이 이제 당신은
충분히 슬퍼했다고 결론 내리고 그 슬픔을 빼앗아가려
하는 때가.

당신의 어머니가 어떤 일을 겪으며 살아왔는지 당신은
절대로 알 수 없을 것이다.

———

몇몇 사람은 그 행위가 마치 노력하면 완벽하게 만들
수 있는 예술 작품이라는 듯 접근했다. 심하게 변태
같은 인간도 더러 있었다. 어떤 사람은 나를 사랑했다.
욕망은 그들 모두를 저버렸다. 여전히 내 꿈에 나오는
사람들은 내가 섹스를 해본 적 없는 사람, 한 번 해봤지만
그것으로는 충분하지 않은 사람, 혹은 여러 번 해봤지만
아직 충분하지 않은 사람이다.

———

중학생 때 나는 한 소년을 사랑했지만, 그 아이에게 말을
거는 것이 두려워 검은색 종이를 잘라 만든 하트를 1년
동안 매주 하나씩 우편으로 보냈다. 나는 그 아이가
두려운 것이 아니라 내 감정이 두려웠다. 그건 신보다도
강력한 감정이었다. 단 한 마디라도 나눴더라면 우리가
있던 장소는 몽땅 불타서 잿더미가 되어버렸을지도
모른다.

수치심은 수치스러워 해야만 하는 이유를 만들어낸다.
수치심은 온갖 일에 대해 다 사죄한다. 심지어 자신이
존재한다는 사실에 대해서도.

―――――

나는 유령을 본 적 없고 그 존재를 믿지도 않는다.
어쩌면 오늘 밤에 보게 될 수도 있지만, 설령 그렇다 해도
내가 유령의 존재를 믿게 되지는 않을 것 같다. '그' 유령의
존재는 믿게 되겠지만.

―――――

시 낭독회가 시작되기 직전, 내 옆자리에 앉은 몸만 큰
어른처럼 보이는 남자에게 왜 시를 좋아하느냐고, 어떤
계기가 있었느냐고 물었다. 그가 답했다. 제가 전쟁에
참전했었거든요.

연애는 끝났지만 적어도 여러 가지가 어딘가로
나아갔다. 설령 망각 속으로 향할지라도. 그리고 어쩌면
망각이야말로 내가 내내 원했던 것일지도 모른다.

―――――

어둠은 모든 것을 쉽게 삼켜버리지만, 우리의 태양은
종종 모습을 드러내 이 우주가 반은 어둠, 반은 빛이라고
생각할 수 있게 해준다.

―――――

최악의 일이 일어날 때 가장 먼저 떠오르는 감정은
안도감이다.

바위 표면은 바위의 얼굴(rock faces)이라 부르고
물줄기는 물의 몸(bodies of water)이라 부르고
나무의 갈라진 곳은 나무 가랑이(crotch of a
tree)라고 부른다. 하늘을 의인화하기는 좀 더 어렵다.

———

형편없는 예술은 발신자도 수신자도 없는 것이나
마찬가지다.

———

자신을 조금도 드러내지 않는 사람과 이야기를 나눌
때면 나도 모르게 나에 관한 정보를 미친 듯 늘어놓는다.
그러면서 그 텅 빈 공간을 채우고 있는 나 자신을
발견하게 된다.

죽을 때가 임박한 미래의 당신이 타임머신에서 걸어
나와 모든 것이 괜찮아질 거라고 말한다. 유치원에
다니던 과거의 당신이 타임머신에서 걸어 나와 모든 것이
괜찮아질 거라고 말해 달라고 부탁한다. 그 둘이 손을
잡고 서서 당신이 자기들 중 한 명을 고르기를 기다리는
모습을 상상해 보라.

———

나는 가장 변호하기 어려워 보이는 믿음들을 변호하기
위해 글을 쓴다. 그렇지 않은 글들은 하나같이 숙제처럼
느껴진다.

———

어린 시절 수업 시간에 여러 개의 자루에 든 온갖 뼈와
적갈색 공작용 점토 덩어리를 가지고 고양이의 뼈대를
조립한 적이 있다. 척추를 만들기로 한 내 친구는 뼈
사이사이에 서둘러 점토를 끼워 붙였다. 나는 턱뼈만,
딱 그 관절 하나만 붙들고 두 개의 뼈를 완벽하게
연결하려고 애를 썼다. 겨우 열 살밖에 안 됐을 때부터
나는 작은 일 하나라도 완벽하게 해내고 싶어 했다.
변화가 필요하다는 생각이 들 때면, 나는 사실 내가
지금껏 별로 변하지 않았으며 변화 같은 건 전혀 필요
없을지도 모른다는 사실을 기억해 낸다.

마침내, 언제든 쓸 시간이 있는 형식의 글을 쓰고 있다.
당연하게도 시간만 필요한 건 아니지만.

———

완벽함과 아름다움은 공통점이 있지만, 완전히 겹쳐지는
건 아니다.

———

온몸에 주삿바늘을 촘촘히 꽂은 채 수술대에 누워
있을 때면 내 몸의 에너지가 몸 밖으로 10센티미터쯤
후광처럼 부풀어 올라 나를 세상의 다른 것들과 간신히
구별되게 해준다.

선생님이 중대한 말을 할 것 같은 분위기로 엄숙하게 선언했다. 선생님은 자신의 선생님에게서 들었고, 선생님의 선생님은 그분의 선생님에게서 들었고, 이런 식으로 계속해서 윌리엄 버틀러 예이츠까지 거슬러 올라가는 어떤 이야기를 들려주겠다고. 그 이야기는 다음과 같았다. 기억해야 할 건 이거야. 다른 사람들은 네가 잘 알지 못하면서 뭔가를 하고 있다는 사실을 절대 알아차리지 못해. 또 다른 선생님은 내가 별것 아닌 문제를 두고 억지로 만들어낸 질문을 던지자 잠시 말을 멈췄다가 무척 친절하게 대답했다. 기억해야 할 건 이거야. 내가 살 날은 앞으로 35년, 40년 정도밖에 남지 않았단다.

———

글쓰기에 관해 내가 들은 견해 중 가장 무용했던 말은 글을 쓸 때 자신의 목소리를 발견해야 한다는 것이었다. 마치 우리의 목소리가 작동할 준비가 된 자동 피아노처럼 우리 내면에 숨어 있다는 듯이. 개성과 마찬가지로, 목소리의 존재야말로 세계와 나의 상호작용에 달린 것인데.

그래도 잊지 마. 그 출판사에서는 원고료를 무게당 얼마, 이렇게 쳐준다니까! 두꺼운 책을 여러 권 써낸 노고를 만족스럽게 보상받은 친구가 원고료 많이 받는 방법을 내게 가르쳐주면서 이렇게 말했다.

———

카메라 렌즈가 나를 향할 때, 나를 보는 눈이 소름 끼칠 만큼 많을 때, 나는 즉시 나 자신이라는 배역을 연기하려고 애쓰기 시작한다.

———

문이 잠긴 창고를 상상해 보라. 내가 음악 선생님들과 합창단 지휘자들에게 돌려주어야 했던 낡은 악보가 온통 흩뿌려져 있는 창고를. 수십 년간 사용하지 않아 누렇게 빛바랜, 뾰족한 연필로 쓴 글씨가 빼곡한 보면을, 가끔씩 아무 말도 나오지 않을 만큼 크나큰 기쁨이 담긴 그 페이지들을. 그것을 집어 드는 사람은 결코 알 수 없으리라. 그것이 어떻게 내 삶을 몇 번이고 구해주었는지를.

우리가 지닌 최악의 모습을 남들에게 보일 때의 문제는
그 모습을 남들이 기억하게 된다는 것이 아니라 우리
자신이 기억하게 된다는 사실이다.

———

책 한 권을 다 쓴 다음 '건강이 좋지 않아서 이걸
완벽하게 해내지 못한 게 내 잘못은 아니잖아'라고
생각하는 대신 '그래, 이게 내가 해낼 수 있는
최선이었어'라는 생각이 들었을 때, 내가 조금이나마
나아가고 있다는 걸 알았다.

———

두려움에서 벗어나고 싶다는 생각에서 놓여나자 내가
가진 두려움들은 더 이상 짐으로 느껴지지 않았다.
그것들을 짐이 되게 만든 건 희망이었다.

남편은 설거지를 할 때면 언제나 싱크대에 커다란 접시 몇 개를, 닦지 않은 그릇 몇 개를 남겨놓는다. 그 행동을 고쳐주려고 애를 쓰다가 나는 결국 기억해 냈다. 나 역시 작업 중 폴더에 있는 모든 글을 끝내면 죽고 말 것 같아 겁이 난다는 사실을.

———

내가 초기에 한 열 번이 조금 넘는 연애는 흥미롭지 않았다. 아무것도 배우지 않으려고 기를 쓴 까닭에 아무것도 배운 것이 없기 때문이다. 그때 나는 시간을 멈추려고 애를 쓰고 있었다.

———

자전적인 에세이를 출간하고 나자 어떤 사람들은 나를 욕한다. 남자들은 내가 호감 가는 여자로 보이려고 애는 썼지만 실패했다는 이유로, 여자들은 내가 여자들을 대변하려고 애는 썼지만 실패했다는 이유로.

이 일이 정말로 일어나고 있다니 믿을 수 없어. 14년 전
우리가 처음으로 같이 잤을 때 나는 이렇게 생각했고,
한동안 그 생각에는 변함이 없었다. 우리는 각자 다른
사람과 결혼해 아이들을 낳았다. 그리고 나는 아직도 그
일이 정말로 일어났다는 걸 믿을 수 없다. 아마 영원히
믿을 수 없을지도 모른다.

―――――

나는 글쓰기를 사랑하는 것이 아니다. 글쓰기를 통해
벗어날 수 있을 것 같은 문제를 갖는 일을 사랑할 뿐이다.

―――――

영국 이튼 칼리지에 있는 300년 된 낙서도, 이탈리아
우르비노의 어느 성에 있는 600년 된 낙서도
읽어보았지만, 내가 다니던 고등학교 벽에 쓰여 있던
낙서들만큼 흥미진진하지는 않았다. 1970년대여!
1960년대여! 나는 그 시간들이 무대 밖으로 떠내려가
역사의 일부가 되는 과정을 곁눈질로 간신히 볼 수
있었을 뿐이다.

규모가 작고 길이가 짧은 예술 작품은 완벽해지기 위해 애쓰고, 규모가 크고 길이가 긴 작품은 위대해지기 위해 애쓴다.

———

일하고 있을 때 나는 외롭지 않다. 하지만 책상 옆 창문을 통해 밖을 내다보다 근처를 지나가는 낯선 사람을 아는 사람으로 착각하는 일이 자주 일어나는 건 사실이다.

———

천천히, 천천히, 나는 문장들을 쌓아 올린다. 내가 무엇을 하고 있는지 모르는 채 그렇게 쌓아 올리다 보면 갑자기 이야기가 거의 완성된 상태로 모습을 드러낸다.

나는 시간도 공간도 낭비하기 싫다. 잡담을 나누는
것도 싫고, 물건을 어지르는 것도 싫다. 대학 때 한번은
소지품이 겨우 여섯 가지밖에 안 된다는 이유로
비난받았다. 데이트를 하던 시절에는 누군가와 한 침대에
들어가게 되리라는 기대가 생기자마자 이런 생각이
들었다. 피할 수 없는 일에 계속 저항하는 건 부조리하고
이성적이지 못한 일이야. 나는 책을 읽다가 좋은
문장이 나오면 그 문장을 필사한 다음 책을 팔아버리는
사람이다.

———

어떤 독자도 상상하지 않고 글을 쓸 때조차 나는 A가
A라는 데 한 번이라도 동의한 적 있는 모든 독자에게
호소하고 있는 것이다. 지금껏 생존해 있는 모든
독자에게.

———

시험 종료 시간이 10분 남았을 때, 나는 최고의 문장을
적어 넣는다. 그러고는 남은 9분 동안 훨씬 더 좋은
문장이 떠오르기를 기다려 보지만 아무것도 적어 넣지
못한다.

글자 A가 A로 발음된다는 데 동의할 때, 우리는 그저
하나의 관념 체계에만 동의하는 것이 아니다. 우리는
우리와 비슷했던 사람들, 농담을 하고 돌아다니고
이것저것 만들어냈던 사람들에게 동의하는 것이다.
농담은 사라졌지만, 그들이 만든 것은 체계 속에 남아
있다.

———

한 권의 책을 쓰려면 책을 쓰는 데 들어가는 x시간에
더해 그 x시간의 몇 퍼센트쯤 되는, 내가 다른 책을 쓰는
다른 작가였으면 좋겠다고 상상하는 시간이 필요하다.

———

한 편의 글을 부분(fragment)이라고 부르거나 그것이
여러 부분의 모음이라고 말하는 것은 그 글이나 글의
구성 요소가 한때는 빠짐없이 갖춰져 있었으나 더 이상은
그렇지 않다고 말하는 것이다.

어떤 여자가 내가 다른 여자네 집 침대에서 한 남자와 잤다는 소문을 퍼뜨린다. 15년 뒤, 소문을 퍼뜨린 여자를 인터넷에서 검색해 보니 음주운전으로 찍힌 세 장의 범인 식별용 사진이 나온다. 첫 번째 사진에서 여자는 허세에 약간 금이 갔을지는 몰라도 빨강 머리에 예쁘장한 얼굴을 하고 있다. 내 기억 속 대학 1학년생의 모습 그대로다. 하지만 마지막 사진에서는 엄청나게 망가져 있다. 나는 여전히 그 여자를 용서하지 않았다. 가엾기는 하지만, 가엾다는 이유만으로 용서하지는 않을 것이다. 그 여자를 싫어하는 건 존중하기 때문에 하는 행동이다.

———

대학생 때 책상 앞에 앉아 창문으로 세 개의 교회 첨탑을 내다보며 지금은 19세기야, 라고 상상하다가 혼자 쑥스러워진 일이 있다. 머쓱하던 그 느낌이 풍경보다 생생하게 기억난다.

———

우리가 처음으로 들은 아름다운 노래는 시간이 흘러도 아름답게 남아 있는 경우가 많다. 아름다움은 어디에나 있지만, 그보다 좋은 건 처음으로 아름다움을 발견한 기억이기 때문이다.

알파벳 Q는 영어에서는 드물지만 프랑스어에서는 전혀 특별한 글자가 아니다. 외국어를 쓸 때마다 내가 알파벳 글자들에 영어에서의 사용 빈도에 따라 특징을 부여해 왔다는 사실을 깨닫게 된다. 이런 비밀스러운 과정은 내 사고방식이 지닌 영어적인 면 가운데 일부다.

———

디테일을 늘어놓는다고 해서 무조건 흥미로워지는 건 아니다.

———

삶의 행로가 단절 없이 하나로 이어져온 사람이 있다면 만나보고 싶다. 일련의 서로 다른 자아가 경험하는 일련의 서로 다른 삶이 아니라, 우연히 자신에게 가장 중요한 자아로서 삶을 살아온 사람이 있다면.

누군가와 오래 사귀다 보면 정확히 어떻게 해야 상대가 오르가슴을 느끼는지 알게 된다. 그리고 그 행동을 기계적으로 반복하게 된다. 이와 마찬가지로 정확히 어떻게 해야 상대를 몹시 화나게 할 수 있는지도 알게 된다. 그리고 그 행동을 기계적으로 반복하게 된다. 오래가는 관계가 기쁜 건 상대에게 내가 알 수 없는 부분이 여전히 존재한다는 사실 때문이다. 이런 부분 때문에 두 사람은 서로에게 계속 낯선 사람으로 남는다.

———

그가 다시 국토를 횡단해 자기네 동네로 오라고 할까 봐 겁이 난 나는 캘리포니아는 그다지 마음에 들지 않는다고 비난의 레일을 깔았다. 내가 다시 뉴욕을 떠나지 않을까 봐 겁이 난 그는 뉴욕은 그다지 매력적이지 않다고 비난의 레일을 깔았다. 우리는 각자 상대방이 생각을 바꾸지 않을까 봐 겁이 났기에, 가상의 기차 두 대를 서로 접근시키면서 그것들을 하나의 레일 위에 내보냈다. 자신이 감지한 불합리에 그것과 똑같거나 더 커다란 불합리로 반응하면서.

———

보름달이 오!라고 하고 있네. 하지만 태양은 아무 말도 하지 않는다.

나는 행복한가? 그것은 알 수 없지만, 몇 분만 내어주면 당신이 행복한지 불행한지는 말해 줄 수 있다.

———

가끔씩 침실 전등이 세 번 연속으로 빠르게 켜졌다 꺼졌다 할 때가 있다. 한밤중에 저절로 켜질 때도 있다. 선풍기가 저절로 작동하기도 하고, 그러다 멈추기도 한다. 나는 몇 달 동안 그 유령에게 화가 나서 나를 겁주려는 거라면 그만두라고 소리치고는 했다. 이제는 안다. 그 유령은 그저 외로운 거다.

———

스포트라이트 속에서 군중을 향해 말하는 게 더 쉽다. 한 사람의 얼굴을 들여다보며 말하는 것보다는.

윗사람에게 무해한 바보처럼 보이는 사람은
아랫사람에게는 악의 그 자체가 된다.

―――――

모든 사람은 자기 삶의 어떤 부분인가를 누구의 삶에나
보편적으로 적용할 수 있는 표준이라고 여긴다.
나도 예외는 아니다.

―――――

누군가가 당신을 모욕하거든 그 모욕을 칭찬으로
알아들은 척하라. 그러면 그 사람을 몹시 화나게 할 수
있다.

흥미로운 사람들은 남들에게 흥미로운 사람으로 보이는 일에 흥미가 없다.

———

친구가 쌍둥이 아들들을 바구니 두 개에 한 명씩 넣어 양손에 들고 나를 찾아온다. 친구는 건성으로 주의를 기울이며 아이들에게 젖을 먹이고 기저귀를 갈아주고 안고 돌아다니다 자리에 눕힌다. 친구가 말한다. 가끔 이런 생각이 들어. "벌써 7개월째야! 대체 얘들 엄마는 어디서 뭐 하는 거야?"

———

어떤 사람은 오직 자신이 은혜를 베풀 수 있는 사람만 좋아한다. 자신이 다정하게 경멸할 수 있는 사람만을.

당신이 아는 사람 중 가장 짜증스러운 인간이, 당신을
절대로 가만히 내버려두지 않을 인간이 당신과 사랑에
빠진다고 생각해 보라.

———

세상에서 가장 행복한 사람에게 그럴 만한 가치가
있었느냐고 물어보고 싶다. 그렇게 행복해지기 위해 그
모든 희생을 치를 만한 가치가 있었느냐고.

———

당신의 반려동물은 당신이 어떤 인간 반려자를 찾는지를
드러낸다. 또한 당신 자신을 드러내기도 한다.

진정으로 고귀한 사람은 자기보다 못한 사람을 편안하게
해준다. 친절을 베풂으로써? 아니다. 잠시 동안 위계를
해체함으로써 그렇게 한다.

———

내가 몇 살인지 밝히자 그는 물었다. "혹시 결혼했어요?"
내가 잘 자라고 키스하자 그는 "한 번 더 해줘요!" 하고
말했고, 내가 한 번 더 키스해 주자 그는 자신과 친구들이
산간벽지에서 도시로 평생 한 번 할까 말까 한 여행을
왔는데 그날이 마지막 밤이니 같이 놀아달라고 애원했다.
그토록 순수한 진심은 그때의 내 삶에는 들여놓을 수
없는 것이어서 나는 어쩔 수 없이 거절했다. 그건 마치
태양을 똑바로 바라보는 것 같은 일이었다.

———

당신에게 사랑을 되돌려주지 않는 사람을 처음으로
사랑할 때, 그 사랑은 잘못처럼 느껴진다. 산 위로
흘러가는 강물처럼, 도덕적으로가 아니라 논리적으로
잘못된 일처럼 느껴지는 것이다. 하지만 그런 감정이
어떻게 잘못일 수 있겠는가? 당신은 몇 번이고 돌아가
바로 그 강물이 될 것이다.

나는 사관학교 학생들이 게이일 거라고 생각했는데,
알고 보니 그들은 그저 두려움 없이 사랑을 하는
사람들이었다. 전쟁에 나가려고 준비 중인 그들은 낭비할
시간이 없기 때문에, 그들이 하는 말은 모두 진심이다.

————

아웃사이더들은 인사이더인 척하기 때문에 비호감이
된다. 인사이더들도 아웃사이더인 척하는데, 우리는
거기에는 장단을 맞춰주는 걸 좋아한다.

————

당신이 아는 최고로 호감 가는 사람이 소시오패스일 수도
있다.

부모의 사랑은 마음을 온통 다 내어주는 일방적인 사랑이다. 마치 상대에게 아무것도 요구하지 않으면서 홀딱 반하는 상태처럼. 당신은 온전히 그 사랑 안에서 살 수 있고, 아무도 당신이 걸린 그 병을 치료하려 들지 않을 것이다.

———

내 머릿속에는 카드 한 벌이 들어 있는데, 각각의 카드에는 내가 욕망한 적 있는 사람이 한 명씩 그려져 있다. 꿈을 한 번 꿀 때마다 아무 카드나 한 장씩 뽑혀 나온다. 문제는 깨어나는 순간 내가 그 꿈을 문자 그대로 받아들인다는 것이다.

———

내가 쓴 모든 책은 다른 책들을 쓰게 되는 걸 피하려고 쓰기 시작한 것이다.

세상을 바꾸고 싶다는 일반적인 소망은 보통 세상에
관련된 소망이 아니라 자기 자신에 관련된 소망이다.

———

자살자의 선택에 공감할 수 있어야 하지만, 그럼에도
자살한 사람이 되지 않도록 애써야 한다.

———

적응을 잘하는 사람들은 두려움을 자기 삶 한구석에
지니고 있는 것이 아니라, 삶 여기저기로 골고루
분배한다. 그래서 두려움이 사라지는 것 같다.

남편은 우리가 사는 아파트를 낱낱의 입자로 이루어진
공간과 순간의 연속이라고 보고, 나는 하나의 독립체라고
본다. 그곳이 청결한지 아닌지에 대해 우리의 의견이
갈리는 이유.

———

당신이 느끼는 것이 무엇이든 수십억 명의 사람들이 이미
그것을 느껴본 적이 있다. 그들을 느껴보라.

———

내가 무엇을 흥미롭게 느낄지에 대해 친구가 자기 생각을
조심스럽게 말하는 걸 지켜보고 있자니 매우 흥미롭다.

어떤 사람은 단지 자신의 약점을 목격했다는 이유만으로
당신을 난폭하게 대할 것이다. 그 사람이 당신을 찾아내
도움을 요청했더라도. 당신이 도와주었더라도. 당신이
도와준 경우에는 특히 더 그럴 것이다.

———

내가 알던 어떤 여자는 자신이 끔찍한 비밀을 지니고
있다는 생각에 너무도 집착한 나머지 내게 똑같은 비밀을
세 번이나, 매번 처음인 양 말해 주었다.

———

어떤 사람은 자신이 무언가에 얼마나 관심이 있는지
전시하는 데 가장 관심이 있다.

남들이 당신을 싫어한다고 상상하는 것이 차라리
나을 것이다. 당신이 아무것도 아닌 존재라는 사실을
받아들이는 것보다는.

———

어느 날 선생님이 정신의학 연구 실험에 참여해 상자
하나에 가득 든 물건들을 분류해야 했던 자신의
경험을 들려주었다. 알람이 울리고, 주어진 시간이
끝났다. 실험은 참가자가 이 물건들은 분류할 수 없는
것이라고 밝히는 데 시간이 얼마나 걸리는지 측정할
목적으로 고안된 것이었다. 선생님은 그 실험 결과에
따르면 자신에게는 조현병 성향이 있다면서 무척
자랑스러워했다.

———

듣는 사람이 그것이 진실이기를 원한다면 거짓 칭찬도
제자리를 찾아갈 수 있다.

돈 때문에 그 일을 한 건 아니야. 포르노 영화에 출연한
내 친구는 이렇게 말한다. 수치심을 느끼고 싶어서
한 거지.

———

친구는 선택할 수 있지만 친구와 어떤 관계가 될지는
선택할 수 없다.

———

내가 그의 손에 키스한다. 내가 내 이름을 말하자, 그가
내 손에 키스한다. 몇 분 뒤, 우리는 작은 방 안에, 서로의
곁에 있다. 연기가 로코코풍으로 동그랗게 말린 형상을
그려낸다. 나는 섹스가 아니라 친밀감에 관해 말하고
있다. 그 둘 중 하나는 희미해져 다른 하나가 되어버렸고,
가끔씩 나는 내가 그 둘의 차이를 안다는 걸 잊는다.

덜 가진 사람과 함께 있을 때, 나는 그 사람의 관심을
우리 사이의 불균형이 아닌 다른 곳으로 돌리려고
애쓴다. 그럴 때면 도둑질을 하는 기분이다. 많이 가진
사람과 함께 있을 때, 나는 그 사람의 관심을 우리 사이의
불균형이 아닌 다른 곳으로 돌리려고 애쓴다. 그럴 때면
자선을 베푸는 기분이다.

———

내 친구들이 가진 문제가 내게는 없어서 얼마나 감사한지
모른다. 하지만 나 역시 가끔씩 내 친구 중 한 명의
얼굴에서 내가 아는 표정을, 그 은밀한 감사의 표정을
알아차린다.

———

오늘 태어나 처음으로 나보다 어린 누군가에게 팬레터를
보냈다. 내가 세상과 맺은 관계에서 변화로 기록될 만한
일이다.

빚을 계속 안 갚는 건 돈을 빌려준 사람에게 선물을
주는 일이나 다름없다. 그 사람은 점점 너그러운 사람이
되어갈 테니 말이다.

———

비교하고 절망하라. 권위 있는 자기 계발서들은 이렇게
읊조린다. 하지만 나와 비교가 될 만한 사람이 아무도
없는데, 인간의 삶이라는 것이 뭔지 내가 어떻게
알겠는가.

———

나는 강의를 하는 20년 동안 초인적인 집중력으로
내 말을 귀 기울여 듣는 학생을 네 명 만났다. 네 명 모두
무용을 하는 학생들이었다.

상상력이 부족한 탓일까? 나는 스포츠 팀에 대해 진심 어린 감정을 느낀 적이 한 번도 없다. 아니, 사실 거짓말이다. 2004년 포스트 시즌 보스턴 레드삭스 경기 때는 좀 달랐다. 하지만 그 한 번이 다였다. 그때도 다른 누군가가 열광하는 모습을 흉내 낸 것이다.

———

같은 종 안에서도 다른 새들보다 노래나 비행을 더 잘하거나 더 못하는 새들이 있는 것이 틀림없다. 나는 한 번도 그런 새를 알아차린 적이 없다. 하지만 새들은 알아차린다.

———

자신이 가진 운의 총량이 비슷한 사람들끼리 모인다.

내가 어떤 유명한 영화배우를 만날 때, 우리는 둘 다
바에서 혼자 주먹밥을 먹고 있다. 그는 터무니없을
정도로 아름답다. 우리는 눈을 제대로 뜰 수 없을 정도로
밝은 여름날 오후 햇빛 속으로 함께 걸어 나간다. 그가
운전하는 동안 우리는 계속 이야기를 나눈다. 어쩌면
그는 내 비뚤어진 치열이 마음에 든다고 말할지도
모른다. 우리는 헤어지고, 다시는 만나지 않는다.
내 남편은 이런 판타지가 우스꽝스럽다면서 이렇게
말한다. 난 그냥 내가 어딘가에서 마주치는 사람하고
섹스하는 상상을 하는데. 남편은 이해하지 못한다.
만약 내가 어딘가에서 마주치는 사람과 섹스하는 상상을
한다면, 나는 정신을 차리기도 전에 그 사람과 정말로
섹스하고 있을지도 모른다.

———

두 남자가 그들의 모든 시간을 같이 보낸다. 한 남자가
아이들을 위해 트램펄린을 구입하면, 다른 남자는 요리
대회를 열 준비를 한다. 밤에는 실내 게임이 열리고, 두
남자의 아내들도 참여한다. 어느 날 밤에는 한 남자가,
다음 날 밤에는 다른 남자가 우월감을 느낀다. 모두가
불행해진다. 그중에서도 두 남자가 가장 불행하지만,
만약 서로를 피한다면 그들은 자기 순위가 어떻게 되는지
알 수 없어서 더욱 불행할 것이다.

소년은 깨닫는다. 만약 자기가 장난감 개에게 크래커를 먹여줄 수 있다면 장난감 기차에게도 똑같이 크래커를 먹여줄 수 있다는 걸. 그리고 만약 자기가 장난감 개에게 병에 든 물을 마시게 해줄 수 있다면 크래커에게도 똑같이 병에 든 물을 마시게 해줄 수 있다는 걸.

———

이해할 생각이 없는 사람에게 나에 대해 설명하려 애써봤자 아무 의미 없는 일이다. 나는 이미 그런 게임에서 져본 적이 있다.

———

나는 친구의 책에 들어갈 원고의 모든 페이지에 메모를 휘갈겨 써서 의견을 남겼다. 친구는 내 책에 들어갈 원고에 딱 한 줄의 메모만으로 의견을 남겼다. 이건 좀 더 나아지게 할 필요가 있겠어. 친구는 내가 뭘 해야 할지 알 거라고 믿었고, 나는 뭘 해야 할지 알게 됐다.

피해자 근처에 발자국을 남겨놓는 가해자보다는 자신이 운 좋게 들키지 않았다는 생각조차 하지 않는 가해자가 더 많다.

———

누군가의 비밀을 알고 싶다면 아무것도 묻지 마라. 그저 듣기만 해라.

———

최고의 선물은 뜻밖이면서도 과시하지 않는 선물이다. 과시하며 선물하는 사람은 칭찬을 구걸하는 것처럼 보일 수 있다. 어떤 사람들은 언제나 훌륭한 선물을 한다. 그것은 재능이다. 그야말로 선물 같고, 남에게 가르쳐줄 수 없는 재능.

누군가가 마침내 당신 등 한가운데에서 가려운 부위를 찾아낼 때와 당신이 그냥 손을 위로 뻗어 단번에 스스로 그곳을 긁을 때 중에서 언제가 더 만족스러운가? 그건 당신이 느끼는 무력감의 성애학에 달려 있다.

———

악덕과 그것에 상응하는 미덕은 공통점이 많다.

———

내 인생에서 가장 뜨거웠던 키스는 10년도 더 전에 누군가의 남편과 했던, 5초도 지속되지 않는 짧은 키스였다. 그 기억은 아직도 완전히 사라지지 않고 남아 있다.

남편이 여행을 가면 나는 지독하게 그가 그립다.
첫날에는 그가 어질러놓은 것을 정돈하고, 세면대에서
그의 수염을 빼내고, 그의 문서를 모아 파일에 정리한다.
마치 형사들이 찾아낼 어떤 증거도 남겨두지 않으려고
범죄 현장을 치우는 것 같다.

———

세상에는 두 부류의 사람이 있다. 슬플 때는 그 행위를
하지 못하는 사람과 슬픔에서 벗어나기 위해 그 행위를
하는 사람. 나는 후자에 속하는 사람이 더 오래 산다는
생각을 갖고 있다.

———

바람을 피우는 것보다 짜릿한 건 뭘까? 기꺼이 바람을
피우고자 하는 상대방의 마음을 알게 되는 것이다.

가끔은 단 한 문장만으로도 머릿속을 가득 채우기에
충분하다. 그리고 가끔은 책 한 권의 제목만으로도.

———

'첫 번째'의 후유증은 영원히 지속된다. 이 말을 아무것도
끝내지 않아도 된다는 뜻으로 받아들이는 사람이
있을지도 모르겠다.

———

그런 사람이 있다. 내가 그를 소유하기 전에 너무도
간절하게 원했기 때문에, 그를 소유하는 경험이 통째로
그 전에 품었던 갈망에 대한 애도가 되어버렸던.

타인과 더 친해지기 위해 나쁜 버릇을 들인 적이 있다.
무의미한 텔레비전 쇼 시청하기, 비디오게임, 음주
같은 것. 버릇은 남았지만 나는 신경 쓰지 않았다.
그것들이 내 버릇은 아니었으니까. 나는 그저 타인들의
버릇을 흉내 낸 것뿐이었다.

———

울음이 웃음으로 변하고, 웃음은 다시 울음으로
변하고. 폭풍이 극도로 격렬하면 집 안의 모든 퓨즈가
나가버린다.

———

섹스라는 걸 한 번도 해보지 않았을 때부터 나는 음악이
섹스보다 낫다고 주장했고, 내가 옳다는 걸 알았다.
확실히, 갈망에 곁들이기에는 음악이 낫다.

분노는 고통을 은폐한다. 분노는 또한 사랑도 은폐한다.

———

의자 하나가 다른 하나 위에 얹혀 있으면 외설적으로
보인다. 하지만 의자 열 개가 쌓여 무더기를 이루고
있으면 야망이 가득해 보인다.

———

나는 너무도 많은 실수를 일부러 저질렀다. 단지
그것들이 저절로 일어나는 걸 예방하려고.

남을 설득해서 어떤 사물이나 사람을 사랑하게
만들 수는 없다. 입씨름하는 것보다는 그저 그 대상을
가리키며 "저것 좀 봐"라고 말하는 편이 낫다.

―――――

나는 남편과 해본 것보다 훨씬 더 변태적인 짓을 옛 애인
몇 명과 저질러본 적이 있다. 그 행위들은 어떤 극단적
사랑에 대한 절대적 증명이 되어주곤 했지만, 지금의
내게는 더 이상 필요하지 않은 증명이다.

―――――

판단과 감정은 서로를 용납하지 못하면서 서로 떼려야 뗄
수 없는 관계다.

전 남자 친구가 뜬금없이 편지를 써서 자기가 시내에
나와 있는 동안 저녁이나 같이 먹자고 한다면, 그건 그가
결혼했다는 뜻이다. 몇 년 뒤 그가 뜬금없이 편지를 써서
자기가 시내에 나와 있는 동안 저녁이나 같이 먹자고
한다면, 그건 그가 이혼했다는 뜻이다.

———

연애를 하고 있는 사람들은 사귀기 시작했을 때 누가 더
사랑받는 쪽이었는지를 결코 잊지 못하는 것 같다.

———

섹스와 관계없는 이야기를 만드는 법: 화자를 불감증이
있는 인물로 설정해라. 그러면 불감증에 관한 이야기가
되어버리겠지만.

아무도 모르게 슬픔에 휩싸인 채 계속 시들어가기를
원하던 사람과 사랑에 빠지자, 그 사람은 내가 자신의
계획을 망쳤다고 원망했다.

———

네가 사랑하는 사람과 함께 있을 수 없다면 그 사람과
닮은 사람을 사랑해 봐. 내 친구는 말한다. 다른 사람들은
이런 걸 이상형이라고 부른다. 그것은 원래의 것을
상실한 데 따른 슬픔의 표현이다.

———

우리는 너무 뻔해서 오히려 발각되기 어려운 곳에
숨는다. 바로 우리의 몸속에.

나는 욕망을 전부 잃어버릴까 봐 겁나서 어떤 욕망은
충족하지 않고 남겨두지만, 어쨌든 가끔은 이런
욕망에서도 벗어날 필요가 있다.

———

언어는 세계를 묘사하기에 충분한 뉘앙스를 가지고 있지
않다고 말하고, 말하고, 또 말하는 것만큼 지루한 건
없다. 당연히 언어만으로는 충분하지 않다. 하지만 그
사실을 받아들이면 언어를 최대한 활용하고, 그 가능성을
확대할 수 있다.

———

나는 결점이 눈에 띄기를 바라며 당신의 작품을 읽는다.
그러다 그것이 완벽할까 봐 두려워져 읽기를 그만둔다.

요절하면 예술가로서의 경력에는 실제로 도움이 될 수 있다. 그것은 성공 지상주의자들이 시달리는 궁극적인 역설이다.

———

내가 좋아하는 농담은 두 종류다. 의미가 혼란스러운 말을 단순화해서 다시 말하는 농담, 그리고 무대 위에서는 신나서 이야기하지만 무대에서 내려와 생각하면 실의에 젖게 되는 농담. 하지만 이 사실을 안다고 해서 내가 농담을 글로 쓸 수 있는 것은 아니다. 이야기에 관한 아이디어가 떠오른다고 해서 이야기를 할 수 있는 건 아닌 것처럼.

———

나는 이 글들을 내 대표작이 되었으면 하는 작품을 써야 하는 시간에 딴짓을 하는 기분으로 쓰곤 했다. 이런 글을 300개나 쓰라는 임무를 나 자신에게 맡기는 건 토할 때까지 억지로 줄담배를 피우라는 것과 같았다. 하지만 효과는 없었다. 나는 토하지 않았으니까.

로마에서 내가 한 가장 가슴 설레는 경험은 포로
로마노로 걸어 들어가 고대의 돌 하나를 원래의 자리에서
집어 든 다음 다른 어딘가에 슬쩍 떨어뜨리는 일이었다.

———

위대한 여성이라는 구절이 이상하게 들리는 건 그 말이
'모든 위대한 남성 뒤에는 위대한 여성이 있다'라는 문장
말고 다른 곳에 사용되는 경우가 드물기 때문이다.

———

책 제목을 정하기 전에는 그것이 너무도 중요하게
느껴지지만, 내가 좋아하는 제목이 붙은 책이 내가
좋아하는 책은 아니다. 내가 좋아하는 책은 유명한
영화배우가 자신의 본명에 갇히지 않듯 자신에게 붙어
있는 제목에 갇히지 않는다.

네덜란드의 제방(dijk)은 감시자, 잠든 사람,
몽상가라는 세 단계의 명칭으로 나뉘어 배치된다.
제방이 바다에 얼마나 가까운지에 따라 붙은 이름들이다.

———

부분(*fragment*)이라는 단어는 종종 빵 상자보다
작은 모든 것을 가리키는 말로 잘못 사용되지만,
800페이지짜리 책이라고 해서 열 줄짜리 시보다
완전하다고 말할 수는 없다. 그것은 크기와 무결함을
혼동하는 것이다. 개미(*ant*)는 철자법상이 아니면
코끼리(*elephant*)의 한 부분이 아니다.

———

휴식은 이성이 의식 뒤편으로 물러나는 것을 설명할 때
사용하는 단어다. 하지만 인간은 쉬는 동안에도 주의력을
정교하게 통제해야 한다. 눈앞의 환경이나 상상의
산물에 너무 많은 관심을 쏟지 않고, 집중력을 지나치게
혹사하지 않고, 졸음이 오는 상태가 되지 않도록
조심하면서. 이런 식으로 휴식하는 법을 배우는 것도
어려운 일이다.

유명해지기를 갈망하는 것은 잡담으로 채워진 인생을
갈망하는 것이다.

———

사람들은 대단히 성공한 내 친구에게 자기도 책을 좀
써볼 생각이라고 말하기를 좋아한다. 그러면 친구는
항상 눈을 커다랗게 뜨고, 악귀 같은 미소를 띤 채 이렇게
대답한다. 그게 어려워봐야 얼마나 어렵겠어요?

———

부러움이란 서사적인 충동이다. 만약 내가 원하는 걸
가졌다면, 그다음에 일어날 일이 뭐가 있겠는가?

기억이라는 건 없고, 그저 남겨진 물건들만 있다. 그리고
그것들은 죄다 거짓말을 하고 있다.

———

확신은 생각의 반대말이다. 나는 그렇게 확신한다.

———

음악 같은 것이 존재하기 전에도 엄마들은 틀림없이
자신의 아기에게 노래를 불러주었을 것이다.
나는 그들이 노래라는 행위를 무엇이라고 생각했을지,
그것을 어떻게 이해했을지 궁금하다.

작가인 또 다른 친구는 창피해질 것 같은 부분이
있다며 책을 출판하기를 두려워하는 사람들에게 언제나
한결같은 위로를 전한다. 걱정 말아요. 그는 흡족한
목소리로 속삭인다. 아무도 안 읽을 테니까요.

———

나는 요약이 불가능한 글을 좋아한다. 핵심으로만
이루어져 있어서 압축할 수 없는, 쓰인 그대로 옮길
수밖에 없는 글을.

———

명사는 그 다양성과 구체성 때문에 재미있다. 하지만
겸허한 대명사의 놀라운 포용력을 생각해 보라.

내가 집에 두는 책은 세 종류다. 읽고 싶은 책, 다시 읽고 싶은 책, 그리고 단지 얼마나 형편없는지 확인하기 위해 다시 펼쳐보고 싶은 책.

———

형용사는 비교하는 말이지만, 사실 명사도 그렇다. 사과는 사과 이외의 어떤 것도 될 수 없는 무언가다. 형용사를 쓰고 싶은 유혹이 들 때 이 사실을 기억하면 도움이 된다.

———

소프라노를 맡는 건 너무나도 지루한 일이다. 멜로디에 속박되어 있고, 어쩔 수 없이 알아차려지는 파트니까.

위대한 예술가들은 오스 이노미나툼(os innomina-
tum), 즉 알려진 어떤 물체와도 닮지 않았기 때문에
『그레이 해부학(Gray's Anatomy)』 초판본에서 '이름
없는 뼈'라고 명명된 뼈와 같은 작품을, 그것도 우연히
만들어낸다.

―――――

너무 작아서 눈에 띄지 않는 것들은 훔칠 수도 없다.

―――――

죽음은 당신이 죽지 않았더라면 완성할 수 있었을
것을 드러내줄 것이다. 그리고 당신이 절대로 완성할
수 없었을 것 또한 드러내줄 것이다. 나는 어떤 여자가
한 권의 책을 쓰기 위해 30년 동안 해온 메모들을
찾아냈는데, 겨우 16페이지 분량이었다.

모든 새로운 일상은 절망 속에서 시작된다. 그러고는
다른 절망 속에서 끝난다.

————

카페에서 우연히 들은 말. 치즈 샌드위치 그걸로 하나
주세요. 카프리 샌드위치던가? 그 왜, 티베리우스 황제가
죽은 섬 이름이랑 같은 거 있잖아요?

————

몇 년에 한 번씩 나는 순전히 돈을 위해 뭔가를
집필하겠다고 결심하고는 오랫동안 작업을 한다.
그러고는 그 글의 시체를 비닐에 싸서 용기에 담아
봉인한 다음, 집 건물 밑에 감춰둔다.

친구 하나가 젊은 나이에 세상을 떠나자 친구 삶의
서사는 비극이 일어난 배경에 대한 설명이 되어버린다.
이것이 전기문학에서 가장 핵심적인 문제다.

————

형편없는 각본 같은 현실의 또 다른 예: 나는 누군가와
우연히 마주치고 싶어서 넉 달 동안 매일같이 노력하다가
결국 포기했다. 나흘 뒤, 아무런 노력도 하지 않았더니
그와 우연히 마주쳤다. 같은 날 네 시간 뒤, 나는 그와
또다시 우연히 마주쳤고, 우리는 식당에 가서 파이 한
조각을 나눠 먹었다.

————

하나의 프로젝트를 끝내고 잠잠한 바다 위를 떠다니며
한없이 길어지는 시간을 보내고 있을 때면, 나는 내가
쓰지 않을 상상 속의 어떤 책, 영원히 도달하지 않을
그 목표에 대한 생각으로 되돌아간다. 그러다 다음
프로젝트에 대한 생각이 나자마자, 상상 속의 그 책을 저
멀리 수평선 너머로, 내가 다시 필요로 할 때까지 그것이
나를 기다려줄 장소로 밀어낸다.

어느 유명한 여성 작가가 수십 년 동안 써온 일기를
출판한다. 하지만 그가 갑작스럽게, 돌이킬 수 없이,
세계적으로 유명해졌던 서른네 살 이전의 일들은 전부
빠져 있다. 마치 자신은 태어날 때부터 유명했다고
주장하는 것처럼.

———

나는 단어 게임을 좋아한다. 게임에서 단어들은 사물에
국한되고, 내가 글을 쓰면서 그 단어들에 대해 유지해 온
친밀감도 여지없이 산산조각 난다.

———

사실을 말하자면, 세상에는 두 부류의 사람이 있다.
당신, 그리고 다른 모든 사람들.

가장 바람직한 형식이 반드시 가장 효율적인 형식인 것은
아니다.

———

나는 집에 있을 때는 지루해하는 일이 드물지만 여행
중에는 종종 지루해진다. 집에서는 매일의 일과가 물
흐르듯 자연스럽게 이어져 그다지 생각할 필요가 없기
때문에 내가 원하는 것들을 자유롭게 떠올릴 수 있다.

———

결말에 대해 그리고 있는 상(像)이 없다면 실패하는
건 불가능하다. 성공하는 것 역시 불가능하다. 하지만
즐기는 건 가능하다.

나는 화학 과목에서 낙제하고 나서 내과 의사가 되는
걸 포기했다. 그러고는 만성 질환자가 되었다. 나는 내
케이스를 지극히 잘 안다. 20년 이상 실습하고 있는
셈이니까.

———

취향이 없는 사람은 상을 많이 받은 작품을 칭찬하면서
아는 척한다. 취향이 좋지 못하다는 건 그것과는 또 다른
이야기다.

———

위대한 재능이 심각한 무능력을 불러오는 일도 있지만,
달걀을 요리할 줄 모르거나 자동차를 운전하지 못하는
사람으로 계속 남아 있는다고 해서 천재가 되지는
않는다.

의지가 있으면 우리는 어떤 일을 성취할 수 있다. 다만 의지를 쏟을 만한 일이 어떤 일인지 알아내는 데 의지를 다 써버리게 된다.

———

이 글을 쓰는 것 말고 내가 뭘 해야 하는지 누가 좀 알려줬으면 좋겠다. 그러고는 자기 말이 옳을 거라고, 나도 그 말을 믿게 될 거라고 말해줬으면 한다.

———

가끔씩은 잘 모르고 한 선택이 좋은 결과를 내기도 한다.

모든 성공담은 바꿔 말하면 거듭 실패한 이야기다.

———

학생이 내 기대를 뛰어넘으면 자랑스러우면서도
배신당한 느낌이 든다.

———

내가 아는 어떤 여자는 훈련을 전혀 하지 않고 마라톤
대회에 나간다. 그러면 관절에 무리가 가거나 뭐 그러지
않을까? 그냥 고집이 세기만 하면 돼요. 여자는 이렇게
말한다.

발전은 어둠 속에서, 당신이 애쓰고 있지 않을 때
일어난다.

———

효율성을 오랫동안 사랑한 끝에 나는 구두쇠가
되어버렸다.

———

1년치 원고료를 선불로 받으면 나는 거의 아무것도 쓰지
않는다. 한 달치 원고료를 받으면 돈을 안 받았더라면
쓰는 데 1년은 족히 걸렸을 글을 한 달 만에 써낸다.
아무것도 받지 못하면 쓸 수 있을 때 쓴다. 시간과
생산성은 서로 뭔가 관계가 있는 것이 틀림없지만 그게
뭔지는 말하지 못하겠다.

당신이 불행한 것에는 아무런 문제가 없다. 당신이
불행을 비정상적인 무언가로 여기지만 않는다면 말이다.

———

전에는 내 글씨체라는 것이 있었는데, 지금은 그냥
사인만 있다.

———

목표를 달성한 다음 그 목표를 상실했다는 사실에
괴로워해 보자.

노력하지 않는 것으로 재능이 없다는 사실을 감추기는
어렵다.

———

마라톤 대회에 나가고, 정성 들여 파티를 열고,
자기가 아는 모든 사람을 위해 퀼트 작품을 만들고.
정규직으로 일하는 데다 애가 셋 있는 내 친구는 남편이
무능력한데도 불구하고, 가 아니라 바로 그 남편 때문에
이 모든 일을 한다.

———

어딘가로 도망치고 나면 되돌아오는 데 시간이 걸린다.
하지만 가끔씩 우리는 그저 도망치고 싶어 한다.
어디로든.

내가 아는 어떤 사람이 내가 일자리를 얻지 못하도록
손을 썼다. 나는 그가 죽는 공상에 몰두했다. 몇 년
뒤, 그는 직장에서 공개적으로 수치스럽게 해고됐다.
그러더니 이혼을 했다. 그러더니 장애를 일으키는 병에
걸렸다. 그가 이런 불행을 하나씩 겪을 때마다 나는
오래전에 이 모든 일이 그에게 일어나길 바랐다는
비밀스러운 죄책감으로 점점 심하게 괴로워졌다.

―――――

열차 선로에 뛰어들어 자살하는 사람이 나오는 내 책의
최종 원고를 받은 출판사 디자인 팀에서 표지 시안을
만들었다. 길고 붉은 실타래와 바늘을 넣은 표지, 가벼워
보이는 분홍빛 레이스를 넣은 표지, 푸른 잔디가 깔린 땅
위에 노란색 손거울이 놓여 있는 표지. 나는 편집자에게
내 의견을 메모해 주면서 디자인 팀에 전달해 달라고
했다. 그러자 그다음 날 완벽한 표지 디자인이 나왔다.
책의 주제와 일치하는, 기차에 앉아 있는 한 남자의
사진을 넣은 표지였다. 내가 전한 의견은 이랬다.
이 책이 남자가 쓴 책이라고 상상해 보세요.

―――――

뭐든 얻었다면 그만큼의 대가를 지불해야 한다.
특히 돈을 받았다면.

나보다 열다섯 살쯤 나이가 많은 어떤 작가는 굉장히 큰 문학상을 받았는데, 아직도 비 오는 날 시내에서 열쇠와 전화기를 잃어버린다. 그러면 아는 사람이 그를 집으로 데려가서 저녁 식사를 대접하고 목욕을 할 수 있게 해준다. 나도 한때는 그 작가 같았는데, 더 이상은 그렇지 않다. 나는 그런 삶에 등장하는 일을 그만두었다. 천재성과 쉽게 엮인다는 점에서 그런 삶이 좀 아쉽기는 하지만.

———

형편없는 책이 잘 팔리면 그건 사람들의 취향이 형편없다는 증거다. 형편없는 책이 잘 팔리지 않으면 그건 사람들이 훌륭한 책을 선호한다는 증거다. 훌륭한 책이 잘 팔리면 그건 결국 그 책이 훌륭하다는 증거다. 훌륭한 책이 잘 팔리지 않으면 그건 그 책이 워낙 훌륭해서 사람들이 이해하지 못한다는 증거다. 훌륭한 책은 오직 작가가 죽은 뒤에만 잘 팔린다. 이 모든 틀에 박힌 생각은 논리적으로 따져보면 공존할 수 없는데도 우리는 이 생각들을 모두 받아들인다.

내가 두꺼운 책을 쓴다면 사람들이 어떤 구절을 인용해주었으면 좋겠다고 생각한 적이 있다. 이 책을 오로지 그런 구절들로만 이루어진 얇은 책으로 여겨준다면 더 바랄 것이 없겠다.

―――――――

어떤 상황에서 규칙을 유지하고, 어떤 상황에서 제어력을 놓을 것인지 결정하는 것. 어떤 예술가든, 그리고 어떤 사람이든 해야 하는 일이라고는 그것밖에 없다. 하지만 새로운 작업에 착수할 때마다, 새로운 관계를 맺을 때마다 우리는 새로운 형태의 제어력을 배워나가야 한다.

―――――――

친구의 자기소개서에서 수식을 받는 말이 없는데 잘못 들어가 있는 수식 어구가 눈에 띄지만, 나는 친구에게 알려주지 않는다. 이런 짓은 사보타주*나 다름없지만 말이다.

―――

* 쟁의 중인 노동자가 공장의 설비나 기계 등을 파괴하거나 생산을 방해하는 행위.

적성과 야망은 서로 다른 것이지만, 야망에 사로잡힌
사람은 그 둘의 차이를 알지 못한다.

———

대학 때 나는 대학가에 사는 평범한 학생이었고,
내 룸메이트들은 저명인사의 딸들이었다. 그 애들은
사회계층과 개인의 성취를 아무렇지 않게 혼동했고,
공허한 프레피식 마르크스주의를 표방했으며, 이해하기
힘든 대학원 세미나에 참석하면서 모험하는 척했고,
전반적으로 타락해 있었다. 하지만 그때는 다 이해하고
넘어갔다. 그런데 무슨 까닭인지 그 뒤로 몇 년 동안 나는
혼란스러웠고, 서른 살 무렵이 되고 보니 마치 상속받을
유산이 있는 사람처럼 살고 있었다.

———

히트곡이 딱 한 곡뿐인 가수를 존경하라. 그 하나뿐인
히트곡 때문이 아니라 그 뒤에 또 다른 히트곡을
내보려고 고통받았을 그 오랜 세월을 생각해서.

사려 깊은 친구가 내 고민을 먼저 말하라고 고집하면,
나는 몇 분 동안 고민을 끄집어낸 끝에 거기에 과하게
빠져들어 친구의 고민에는 충분히 주의를 기울이지
못하게 된다. 하지만 나는 친구에게 호의를 베푼 것이다.
친구가 자신의 고통에서 벗어나 내 고통 속으로 도망칠
수 있게 해준 거니까.

―――――

어려운 일이 계속되면 적어도 익숙해지기는 한다.
덜 어려워지지는 않더라도 말이다.

―――――

목표를 세우는 일에 문제가 있다면, 우리가 과거에
원했던 것을 향해 멈추지 못하고 나아가게 된다는
점이다.

부러워하는 일에 탐닉할 때면, 나는 뭐든 하나라도 이룬
것이 있는 사람이면 전부 부러워한다. 심지어 내가 15년
전에 이미 이뤘던 것을 이룬 사람까지도.

———

걱정은 그다음에 올 공포를 느끼고 싶어 안달하는
마음이다.

———

외향형 인간의 주방은 1년에 한 번씩 다섯 가지 코스
요리로 구성된 6인분의 인상적인 식사를 만드는 데는
적합하다. 하지만 그가 이틀 이상 연달아 간단한 아침
식사를 만들어야 할 때는 아무것도 내주지 않을 것이다.

피아노 연주자였을 때, 내게는 크기가 같고 방향이 반대인 두 가지 두려움이 있었다. 최고가 되는 것에 대한 두려움과 최고가 되는 데 실패하는 것에 대한 두려움이었다. 최고가 되려고 노력하는 사람은 대부분 실패했다. 그래서 나는 두 번째로 잘하는 연주자가 되려고 노력했고, 가끔은 성공했다.

———

옛날만큼 나 자신을 잘 알지 못하겠어. 중년의 나이가 되어 두 아이를 키우는 친구가 말한다. 하지만 친구는 자기 자신을 알고 있다. 그저 더 이상 예전만큼 자신에 대해 많이 생각하지 않을 뿐이다.

———

행복은 일단 행복이라는 이름이 붙으면 질이 떨어지기 시작한다.

누군가에게 13달러를 내고 아기가 울 때 달래달라고
하는 일은 가치가 있다. 왜냐하면 그 사람이 없으면
나는 그 한 시간 동안 글쓰기도, 다른 어떤 일도 하지
못하고 아기만 달래게 될 테니까. 하지만 내가 놓치는
그 시간에 아기가 처음으로 미소 짓고, 처음으로 손을
입에 넣어 깨물고, 처음으로 소리 내 웃게 된다면? 그
시간에 누군가에게 13달러를 내고, 언젠가는 13달러
이상의 가치가 나갈 어떤 글을 쓴다면, 그 일에는 그만한
가치가 있는 걸까? '처음'이라는 것이 그렇게까지 중요한
걸까? 아니면 아기가 미소 짓는 걸 내가 처음으로 보게
되는 순간이 실제로 아기가 처음으로 미소 짓지만 나는
그 자리에 없는 순간보다 더 중요한 '처음'일까? 나는
매 순간 두 가지 삶의 가능성에 직면하고, 내가 그것을
원하는지, 그럴 가치가 있는지도 알지 못한 채 하나를
선택해야 한다.

———

직업이 뭐냐는 질문을 받으면 나는 항상 작가(scrittore)
라고 대답했다. 여성 작가(scrittrice)라고
대답한 적은 한 번도 없다. 하지만 사람들은 내 문법을
고쳐줄 필요를 느끼지 못했고 나는 가끔씩 그들의 그런
태도에 놀랐다.

뭘 하든 칭찬받는 사람은 사람들의 추앙으로 인해 하지 못하는 일이 생긴다. 성장이 저해되고, 움츠러들고, 계속하고 싶다는 충동을 잃게 된다. 칭찬은 무언가를 죽일 수 있다.

———

세상을 떠난 그 작가의 벽장에는 그가 쓴 책 무더기와 그 책들에 서명과 함께 적어 넣어달라는 손으로 쓴 문장들이 들어 있었다. 그는 마지막에는 자기 이름을 적어 넣는 일조차 할 여력이 없었던 것이다.

———

실패는 성공을 위한 훌륭한 준비 과정이고, 그다음에 오는 성공은 유쾌한 놀라움으로 다가온다. 하지만 성공은 실패를 위한 준비 과정이 되기에는 역부족이다.

소원을 하나만 빌 수 있다면 어떤 일에든 노련해지게 해달라고 빌겠다. 그러면 나는 운전을 하고, 요리를 하고, 글을 쓰고, 우아하고 편안한 방식으로 사람들을 즐겁게 해줄 수 있을 것이다. 권위자에게 조언을 청하고, 그의 지시를 따르고, 그 지시에 의구심을 품고, 또 다른 권위자에게 조언을 청하는 일련의 일들을 할 필요도 없을 것이다. 노련함은 자기 자신이 노련하다고 믿는 능력에서 생겨나는 것이 아닐까, 나는 생각한다. 어쩌면 그렇게 믿는 능력을 가지게 해달라는 것이야말로 내가 반드시 빌어야 하는 소원일 것이다.

———

우울증에 대해 설명하기는 쉽지 않다. 그것이 복잡하고 난해한 병이기 때문이기도 하지만, 그것이 무언가를 설명하는 능력이 있는 우리의 일부분을 점령해 버리기 때문이기도 하다.

한 여자는 아름다운 외모를 가졌고, 다른 여자는 그렇지 않다. 두 여자 모두 재치가 뛰어난데, 그중 한 여자는 학문적으로 유창한 말솜씨를 자랑한다. 두 여자 모두 글을 써서 많은 돈을 벌었다. 두 여자 모두 아이가 없고, 혼자 산다. 한 여자는 귀여운 느낌을 주고, 다른 여자는 현학적인 인상을 준다. 나는 그들이 부럽지 않다는 사실을 깨닫는다. 두 여자에게서 각각 몇 가지 특징만 뽑아 만든 혼종 괴물이라면 부러울 것이다. 그건 내가 부러워하려고 특별히 상상해 낸 괴물이다. 하지만 사람 전체를 놓고 본다면, 두 여자 중 어느 쪽도 부럽지 않다.

———

나는 위대한 작가가 부럽지 않다. 자기가 위대한 작가일지도 모른다고 믿는 작가가 부러울 뿐이다.

———

하룻밤 잘 자고 난 뒤의 당신과 잠 못 드는 밤을 보낸 뒤의 당신이 같은 사람이라고 할 수는 없다. 그런데 어느 쪽이 진짜 당신인가?

내게는 두 번 다시 시도하지 않을 일이 아주 많다. 내 또래이면서 계속 시도하는 사람들은 그 에너지가 어디서 나오는지 모르겠다. 어쩌면 그들은 불행한지도 모른다. 어쩌면 나는 행복한지도 모르지만, 행복이 이런 느낌일 거라고는 한 번도 생각해 본 적 없다.

———

마흔 살이 되면 우리는 비극적으로 때 이른 죽음을 맞이하기에는 너무 늙어버린 사람으로 갑작스레 변하고 만다. 하지만 적어도 아직 기회는 있다. 대단히 흥미로워질 만큼 장수하다가 죽을 기회가.

지긋지긋해진 나는 지긋지긋한 상태에 대해 쓰려고
해보지만, 내 어휘는 빈약하고, 연상 작용은 느리고
뻔하게 일어날 뿐이다. 떠오르는 단어들은 울림 없이
밋밋하고, 아무것도 내포하고 있지 않다. 내 글 속의
노인은 자기 의자에 끈으로 묶인 채—나처럼 낙상 위험이
있는 환자다— 조용히 앉아 있다. 평생 동안 걸어 다닌
습관이 몸속에 암호처럼 깊이 새겨져 있는 탓인지 그의
두 발이 바닥을 두드린다. 내가 일어나면 침대의 알람이
울리기 때문에, 나는 침대에 앉은 채 아무 생각 없이
키보드로 타이핑을 한다. 손가락 끝이 오랫동안 익숙해진
온갖 문자열을 두드린다. 노인의 몸은 걷기를 멈춰야
할 어떤 이유도 아직은 알지 못한다. 내 몸이 타이핑을
멈춰야 할 어떤 이유도 아직은 알지 못하는 것처럼.

———

스포츠에서 실패는 외부의 시선으로 관찰 가능한
것이다. 다시 말해 하나의 징후다. 봐, 저기, 테니스공이
두 번 튀겼어. 삶의 나머지 영역에서 실패는 대체로
복잡하고 미묘하며 비밀스러운 것이다. 그것은 내밀한
자기 판단이며, 관찰이 불가능한 증상이다. 고통과
마찬가지로, 나는 그것을 당신에게 말로 들려줄 수밖에
없다.

우울증은 그 병에 걸린 사람에게서 즐거워하는 능력만 훔쳐가는 것이 아니다. 그것은 그가 한 적 있는 모든 일과 할 수 있었던 모든 일을 장막으로 덮어버린다. 우울증에 걸린 사람은 세상으로부터 자기 자신을 구하기 위해서가 아니라 자기 자신으로부터 세상을 구하기 위해 죽는다. 이런 경우 우울증(depression)이라는 단어의 의미는 분명해진다. 그는 내리(de) 누름(press)을 당하는 것이다. 영원히.

———

하지만 또 다른 종류의 괴로움, 정신에서 벗어나 있는 순수한 고통도 있다.

———

다음 두 가지 중에서 하나를 골라보라. 한없이 계속 실망하는 일, 그리고 아무것에도 실망할 수 없을 만큼 기대치가 낮아지는 일. 단, 실망할 때의 느낌이 그리워질지도 모른다는 사실 또한 고려해야 한다.

마치 이런 병은 누구나 다 씨름하는 병이라는 듯, 내가
대단하지 않은 것처럼 행동하는 의사들을 나는 사랑한다.

―――――

죽음에 직면하는 일에는 용기가 필요하지만, 다른
두려움, 그러니까 더 큰 두려움에 직면하는 일도
마찬가지다. 집중치료실에서 시간을 보내는 동안 나는
용감하다는 말을 들었지만, 사실 나는 어느 날 밤에
가파르고 불빛 없는 내리막길로 차를 후진해야만 했을 때
더 용감했다.

―――――

내 친구의 아버지는 가톨릭 신자인데 노망이 든 뒤로는
친구에게 이렇게 축복을 내린다. 아버지와 어머니의,
그리고 쪼끄만 남자애들과 여자애들의 이름으로.

나는 부모님을 따라 중고품을 교환하는 모임, 차고
세일, 고물상, 쓰레기장 같은 곳을 다니면서 어린 시절을
보냈다. 어느 벼룩시장에서 나는 인장이 새겨진 닳아빠진
은반지 하나를 발견했다. 거기에는 벌써 내 이름의
머리글자가 새겨져 있었다. 아마 누군가가 평생 끼고
있었던 모양이었다. 판매자는 무게를 달아 책정한 값으로
반지를 내게 팔았다.

———

지금까지 알고 지내게 될 사람들이 누구일지, 과거의
나는 한 번도 짐작해 본 적이 없었다.

———

나는 잃어버린 스카프가 떠올라서 애가 탄다. 그러다가
비행기를 탔던 일이 그리워진다. 스카프는 더 이상
문제가 되지 않는다.

정해진 시간 내에 염색체를 미래로 인도하는 것 이외에
어떤 다른 목적이 내 삶에 내재되어 있다고 주장하고
싶은 마음은 없다. 하지만 삶에 아무런 의지가 없을
때, 내 정신은 감각적 경험이 만들어내는 감정들에서
나오는데, 그 감정들은 너무도 강렬해서 어떤 총체적
아름다움과 나 사이에 존재하는 반투명한 베일에 가깝게
느껴진다. 북극광과 남극광은 그런 아름다움으로
가는 자그마한 도입부이자, 하늘 뒤편에 아름다움이
존재한다는 암시처럼 보인다.

———

마흔 살이 되자 내 대학 동기 중 대다수는 큰 성공을
거뒀거나, 죽었거나, 그도 아니면 거의 죽은 것이나 다를
바 없는 상태가 되어 있다. 6000명의 청년들이 4년 동안
매일같이 똑같은 말을 들어온 결과다. 너희처럼 똑똑한
최고의 인재들이 큰 성공을 거두지 못한다면 뭘 하든
전부 실패라는 말을.

울부짖는 여자의 목소리가 들려왔다. 무슨 일인지
보려고 몸을 돌리자, 여자 바로 곁에 서 있던 누군가가
중얼거렸다. 아이가 없어졌다고. 어마어마하게 넓은
공원 어딘가로 사라져버렸다고. 여자가 내 눈에 들어온
건 그때였다. 여자는 자신이 만들어내고 있는 소란에는
아랑곳없이 또 다른 더 작은 아이를, 워낙 작아서
공원에서 혼자 돌아다니다가 길을 잃을 수도 없는
아이를 두 팔에 안고 달려가고 있었다. 어린 아기였다.
내 머릿속에 처음으로 떠오른 생각은 이랬다. 저 여자는
스스로 목숨을 끊을 수도 없고 얼마나 끔찍할까.

———

모든 마지막 말이 공유하는 특징이 있다면, 그것은
그 뒤에 따라오는 침묵이다.

———

만성질환이 생겨 동료들로부터 갑작스레 멀어져
고립되었던 스물한 살, 그때 알았더라면 좋았을 텐데.
그 뒤로 수십 년에 걸쳐 그들 모두가 한 명씩 차례로 내
섬에 찾아와 합류하게 되리라는 걸.

내 시야 한구석으로 바퀴벌레 한 마리가 언뜻 보이지만,
나는 곧바로 그것이 환각이기를, 혹은 어떤 안과적
질환이기를 소망한다.

———

이 글들이 책에 실리게 되면 세월과 악천후에 마구
흩어진 폐허의 돌들처럼 보일지도 모르겠다. 하지만
여기, 내가 있었다.

———

인생을 낭비하고 있다는 느낌, 매혹적이면서도 위험한
그 느낌을 즐기기 위해 나는 섹스, 약물, 우범지대처럼
사람들이 흔히 빠져드는 것들에 빠져들곤 했다. 그
갈망을 마침내 충족시킨 건 모성이었다. 모성은 멈추는
법도, 알아차리는 사람도 없는 자기 소멸의 한 방법이다.

관심을 조금 받고 싶으면 불평을 조금만 해라. 관심을
많이 받고 싶으면 불평을 그만둬라.

———

화재를 경험해 봐야만 화재에서 살아남는 것이 무엇인지
알게 된다. 아니다. 화재를 경험하며 알게 되는 건 그
화재에서 살아남는 것이 무엇인지다.

———

학생이 아무런 사유도 밝히지 않은 채 지각하는 일이
해를 거듭할수록 점점 더 큰 모욕으로 느껴진다.
그럴 때마다 시계를 가리키며 "너는 죽는 것도 나보다
한참 늦겠지!"하고 말하고 싶다.

관절을 꺾기 시작했을 때 그렇게 하면 관절에 염증이 생겨 붓고 아플 거라는 말을 들었지만, 나는 그 일이 너무도 기분 좋게 느껴졌기에 계속했다. 30년이 지난 지금, 내 관절에는 별다른 문제가 없다. 오래전 위험을 무릅썼던 일에 대한 애정 어린 기억을 담아 나는 지금도 관절을 꺾는다.

———

내가 사랑하는 일들. 합창단에서 노래하기, 지하철 터널을 빠져나와 사람 많은 인도로 올라가기, 신중한 태도를 벗어 던지기, 그리고 낯선 농네의 풍경 속으로 숨어 들어가기.

———

엄마가 되고 나서 나는 더 외로워지는 동시에 덜 외로워졌다. 내가 덜 외로울 때는 이 특별한 외로움을 함께 느껴온 이름 없는 타인들, 알려지지 않은 수십억 명의 여성들을 떠올릴 때다.

모든 서사가 포물선 모양으로 진행되는 건 아니다. 예를 들어 우주는 그저 계속 팽창하기만 한다. 하지만 우주의 관점에서 보면 팽창은 이제 겨우 시작된 것일 수도 있고, 거의 끝난 것일 수도 있다.

———

사람들에게 당신의 아름다움을 봐달라고 청하면, 그들은 당신의 아름다움이 사라질 때까지 자세히 지켜봐줄 것이다.

———

나는 지독하게 눈이 많이 오는 겨울과 사방에 초록빛이 가득한 여름, 그리고 맹렬히 붉게 타오르는 가을에 둘러싸여 자랐다. 지금은 계절이라고는 없는 공간에서 하루 종일 똑같은 채널만 나오는 텔레비전을 보며 대기실에 갇혀 있다. 예약을 하고 왔는데 들어오라고 부르는 사람도 없다.

고속도로 옆, 바람이 불어오는 방향에는 화산 산맥이,
천국 가까이에서 휘날리는 녹색 커튼이 있다. 우리
눈에는 아주 잠깐 들어올 뿐이라 움직이지 않는 돌산처럼
보이지만, 신들은 그것이 바람에 펄럭이는 모습을
지켜보고 있다.

———

나를 죽이는 데 실패한 일은 결국 나를 죽일 것이다.

———

내가 가진 모든 두려움을 하나씩, 하나씩 버리고 싶다.
나라는 존재에 아무것도 남지 않을 때까지.

혼자 살 때 나는 오로지 질병 그 자체만 겪으면 됐다.
지금, 질병은 나 못지않게 내 아이에게도 영향을 미친다.

———

파리에 간다면, 당신이 발견하게 되는 것은 파리가
아니다. 파리에 간 당신 자신이다. 다른 어느 곳에서든
마찬가지다. 그러니 그냥 집에 있는 편이 낫다. 집에서,
당신을 둘러싼 환경에 별다른 특징이 없는 그곳에서,
당신은 온전한 자신을 발견하게 된다. 단, 당신이
진정으로 보려고 한다면 말이다.

———

태어날 때부터 부자였던 여섯 명의 여자들이 있는 뜨개질
모임에 들어갔을 때 나는 뜨개질을 할 줄 몰랐다.
그들 모두가 알고 있는 무언가를 나도 배우게 되겠구나,
나는 그렇게 생각했다. 하지만 결국에는 그들 모두가
알고 있는 무언가 같은 건 없다는 사실을 깨닫게 됐다.
그 모임에 있는 건 돈뿐이었다.

전에 이름이 세라 망구소인 또 다른 사람이 있었다.
그 여자는 콜로라도에 살고 있었다. 그러다가 이름을
바꾸더니 인터넷에서 사라졌다. 나는 그 여자가 그립다.

———

우정, 결혼, 부모 됨, 자기 자신의 삶. 이런 것들처럼
끝나는 지점이 어딘지 알려져 있지 않은 일에 대한
헌신이야말로 가장 위대한 헌신이다.

———

여행을 시작한 곳에서 충분히 멀어지고 나면 과거와
현재가 하나로 이어지지 않게 된다.

그 도시가 그리운 것이 아니다. 나도, 다른 사람들도 모두 스물두 살이고, 다들 돈이라곤 한 푼도 없던 1990년대의 그곳이 그리울 뿐이다.

———

나는 슬픔에 대비하는 예방접종 삼아 슬픈 이야기를 읽는다. 머리 회전이 빠른 영웅들과 나를 동일시하려고 액션 영화를 본다. 둘 다 내가 최악의 상황은 모면하게 될 거라는 동일한 판타지에서 나온 행동이다.

———

아이를 원하지 않는다고, 내 삶의 중심은 글쓰기라고 주장하며 살아왔다. 그래놓고 이제 와서 내 삶의 중심이 가족이라는 사실을 인정하자니 나로서도 쉽지 않다. 나는 그저 당신이 여기 이 세상에, 냉정할 만큼 완벽하고 확고하게 자아를 유지하는 일이 더 이상 가능하지 않은 세상에 나와 함께 있어주길 바랄 뿐이다.

내가 죽은 뒤에 어떻게 해달라는 지시를 왜 내가 내려야
할까? 유골은 내가 아니라 내 가족이 소유할 테고,
유골을 뿌리는 일은 그들이 나라는 사람을 기억하도록
돕는 일일 텐데.

———

우리는 인간의 괴상한 버릇을 볼 때마다 그것을 병리화할
게 아니라 이렇게 말해야 한다. 이 사람은 자신이 계속
살아갈 수 있는 방법을 알아냈습니다.

———

갑자기 모든 사람의 눈이 기계처럼 보였다. 친구의
눈도, 식당 종업원의 눈도, 식당에 있던 다른 손님들의
눈도. 그들의 홍채는 톱니바퀴로 변해 있었다. 로봇들이
나를, 지구상에 살아 있는 유일한 생명체를 둘러쌌다.
나는 정신을 차리려고 잠깐 동안 눈을 감았지만, 정신이
완전히 맑아지지는 않았다. 지금도 잊을 수 없다. 광기는
내게서 너무도 가까운 곳에 있었고, 운전하다가 갓길을
벗어나 아무도 나를 찾지 못할 곳으로 빠져버리는 건
너무도 쉬운 일이었다.

정신의학에서 쓰는 병리학 교재를 자기 계발서로
재해석해 보라. 나는 내 머리카락을 몽땅 다 뽑아버릴
수도 있다. 그렇게 하면 아마 도움이 될 것이다. 열 살 때,
나는 내 속눈썹을 몽땅 다 뽑아버린 적이 있다. 그렇게
했더니 도움이 되었다.

———

자살한 친구가 어느 날 꿈에 나오더니 내 머리를 돌로
쳐서 부숴버리려 한다. 나는 누군가가 나를 발견해
주기를 바라며 또 다른 방에 들어가지만, 친구에 대한
마음 때문인지 두려움 때문인지 아무 소리도 내지
못한다. 사람들이 친구에게 족쇄를 채워 데려가지만,
나는 그가 다시 돌아올 것임을 안다. 꿈에서 깨어나면서
알게 된다. 나를 뒤쫓아 온 친구는 내가 가진 자살에 대한
공포다.

———

나는 젊은 사람들을 바라보며 종종 놀란다. 앞으로 무슨
일이 일어날지 저 친구들은 전혀 모르는구나. 그러면
이번에는 나이 든 사람들이 나를 바라보는 것이다.

희망을 포기하고 괴로움에 굴복하는 일. 부처를 능가하는
완전한 초월에 이르는 일. 이 두 가지는 딱 한 가지 작은
특징만 제외하면 똑같아 보인다. 그것은 미소다. 미소
짓는 걸 잊지 말자.

———

우리가 새로 이사한 도시는 자정이 지나면 신호등의
빨간불이 아침까지 깜빡인다. 이 광경을 보자 열여섯
살 때 밤에 운전해서 집으로 돌아가던 일이 기억난다.
그때 길 위에 내 차 말고 다른 차는 한 대도 없었고,
중앙 도로를 달리는 내내 수많은 빨간불이 나를 향해
깜빡였다. 차창은 열려 있었고 라디오는 없었다. 쉬지
않고 딸깍거리던 신호등들. 수십 년 동안 잊고 있었는데
기억이 났다. 그 특별했던 고요가.

———

무언가를 언제 끝낼지 결정할 수 있는 특권을 누리는
것이야말로 완전한 행복에 가깝다. 하지만 그런 다음에는
새로운 행복을 찾아내야 한다.

나오며

나는 시집을 순서대로 읽는다. 무슨 말인가 하면, 길이에 따라서 순서대로 읽는다는 것이다. 제일 짧은 시를 먼저 읽고, 다음으로 좀 더 긴 시를 읽는다. 두 페이지가 넘는 시는 건너뛴다. 시간이 없으니까. 작은 예술을 좋아하는 내 취향은 긴 내러티브를 (혹은 일반적으로 긴 글을) 잘 기억하지 못하는 단기 기억장애와 관계있을지도 모르겠다.

빈 공간은 최소한 지금까지 무언가가 이야기되었다는 것, 무언가가 마무리되었다는 것, 내가 잠깐 멈춰서 지금까지 읽은 걸 소화하고 평가해도 좋다는 걸 알려준다.

카프카는 텍스트의 자극에 남달리 예민해서 한 번에 책을 두어 쪽씩만 읽었고, 몇 편 안 되는 글만을 읽고 또 읽었다고 한다. 그는 괴상한 독서 습관을 가졌고, 시작한 건 끝을 보는 완전주의자도 아니었다.

시간이든, 소재든, 맥락이든, 내용을 덜어서 내버리는 건 늘 기분이 좋다. 짧은 텍스트에서는 느긋할 시간이 없다. 100미터 달리기를 하면서 쉴 시간이 없는 것과 비슷하다.

조지프 헬러의 회고록 『때때로(Now and Then)』를 보면, 마리오 푸조가 조지프 헬러의 병실에 찾아와서 부러움을 드러내면서 이렇게 말하는 장면이 나온다.

자네는 남은 평생 그 진단을 사회적 변명으로 내세울 수 있겠군. 내가 머지않아 죽을 거라는 사실로 인하여 한 가지 좋은 점은 무엇에든 가짜로 흥미 있는 척하지 않아도 된다는 것이다. 이봐, 나는 죽어가고 있다고!

— 세라 망구소와 데이비드 실즈의 대화 중에서,
  세라 망구소의 말
  (『문학은 어떻게 내 삶을 구했는가』, 데이비드 실즈 지음, 김명남 옮김, 책세상, 2014)

감사의 말

타냐 베즈레, 실라 헤티, 첼시 호드슨, 일라이 호로비츠, 미란다 줄라이, PJ 마크, 줄리 오링어, 제임스 리처드슨, 데이비드 실즈, 제이디 스미스, 마리야 스펜스, 로린 스타인에게 고마움을 표한다. 이선 노소스키 외 그레이울프 출판사의 모든 관계자들, 그리고 내가 이 세상에 단단히 닻을 내리게 해준 애덤과 샘에게도 감사한다.

옮긴이의 말

어떤 예술가들은 이미 존재하는 세계의 규칙에 맞춰 훌륭해지는 것으로는 충분치 않아서 새로운 형식을 발명해 낸다. 그것이 자기 자신으로 존재할 수 있는 유일한 방법이기 때문이다. 시인이자 소설가이며 회고록 작가이기도 한 세라 망구소도 그 가운데 한 사람이다. '시간을 통과하는 방법을 발명하는 사람.' 이것이 이 수수께끼 같은 작가를 이해하려 애쓴 끝에 내가 간신히 골라낸, 그러나 여전히 불충분하게 느껴지는 수식어다.

굳이 기존의 장르에 욱여넣자면 『300개의 단상』은 아포리즘(aphorism)에 속한다고 해야 할 것이다. 하지만 '깊은 체험적 진리를 간결하고 압축된 형식으로 나타낸 짧은 글'이라는 아포리즘의 정의에 들어맞기는 해도, 이 글들은 액자에 넣어 벽에 걸거나 SNS를 통해 누군가에게 공유할 만큼 받아들이기 쉽고 건전한 교훈을 담고 있지는 않다. 오히려 깊은 밤 숲속의 모닥불 곁에서, 아무것도 모르는 여행자들에게 그 숲에 대해 잘 알지만 정체를 알 수는 없는 누군가가 짓궂은 웃음과 함께 한마디씩 흘리는 뼈 있는 농담에 가깝다고 할까. 지극히 짧지만 쉽게 잊히지는 않는 이 글들에서 독자는 삶의 경험과 가치관에 따라 각자 다른 것을 보게 될 것이며, 종종 한 번 읽어서는 의미를 알 수 없어 고개를 갸웃하거나 당혹스러워할지도 모른다.

내가 이 책을 읽으며 처음으로 떠올린 단어는 '트윗'이다. 짧고 기발하며 톡 쏘는 맛을 지닌 문장이 트윗과 닮았다는 생각이 들었다. 하지만 다시 보니 트윗이 되기에는 지나치게 사적인 개인사가 담겨 있거나 대담한 문장이 많다. 실제로 망구소는 '한번 빠지면 헤어 나올 수 없을 것이기 때문에' 트위터를 하지 않는다고 한다.

한편 편집자는 이 책의 형식에 대해 이런 의견을 들려주었다. "임신과 출산 등으로 글을 쓸 시간이 없어진 사람이 어떻게든 쓰는 행위를 지속하기 위해 만들어낸 형식인 셈인데, 이 형식 자체가 '투쟁'으로 느껴졌어요." 과연 듣고 보니 그런 것 같았다. 글이 쓰인 시기상으로 그렇고, 본문에 모성과 육아에 관한 내용이 있으며, 다음과 같은 문장도 들어 있다. "마침내, 언제든 쓸 시간이 있는 형식의 글을 쓰고 있다. 당연하게도 시간만 필요한 건 아니지만."(22페이지) 그러나 내가 느끼기에 이 글들에는 자투리 시간을 붙잡기 위해 발버둥치는 사람의 초조감이나 모든 문장에 의미를 꾹꾹 눌러 담아 기필코 그 시간을 가치 있는 것으로 바꿔놓아야 한다는 삶의 의지가 무거운 추처럼 매달려 있지는 않다. 이것은 제한된 시간 내에 최고의 답변을 써내야 한다는 부담에 짓눌려 머리를 짜내며 쓴 글이 아니다. 이 문장들은 망구소라는 사람의 내면에 아주 오랫동안 농축된 채 고여 있다가 그저 자연스레 스윽 하고 흘러나온 것 같다. 문장의 농도는 짙고 사유는 깊지만, 그것이 흘러나오는 모양새는 삐딱하면서도 유머러스해서 도무지 종잡을

수 없다. 마치 이렇게 말하는 것 같다. "난 그 시간들을
살아냈는데, 거기서 남은 문장들은 이런 거예요.
재미있지 않나요?"

한 인터뷰에서 망구소는 이 글들이 200개까지는
"15년 동안 쓰려고 애쓰던 또 다른 책의 집필을 미루는
과정에서 쓰였다"라고 밝혔다. 책의 많은 부분이 다른
책에 대한 일종의 '딴짓'으로서 쓰였다는 말이다. 글
덩어리가 200개에 이르자 작가는 이 글들이 그 자체로
독립적인 책이 될 수 있을 거라고 판단했고, 100개를
더 썼다. 그렇게 모인 글을 자아, 타인들, 욕망, 예술, 일,
실패, 죽음이라는 일곱 가지 주제로 분류한 다음 더 이상
깎아낼 수 없는 핵심만 남을 때까지 문장들을 정교하게
깎아냈다. "내가 긴 글을 쓰지 않는 이유는 속도를
인위적으로 늦추는 일에 관심이 없기 때문이다. 나는
내가 쓸 문장이 가져올 결과가 희미하게 어른거리자마자
방아쇠를 당긴다."(14페이지) 이 책에 실린 글들은
하나하나 독립적으로 완결되어 있지만 동시에 서로를
의식하면서 흥미로운 방식으로 영향을 끼치며, 나름의
효과를 발휘하도록 배열되어 있다.

이 책에는 스스로를 정의하는 듯한 이런 문장도 있다.
"내가 두꺼운 책을 쓴다면 사람들이 어떤 구절을 인용해
주었으면 좋겠다고 생각한 적이 있다. 이 책을 오로지
그런 구절들로만 이루어진 얇은 책으로 여겨준다면
더 바랄 것이 없겠다."(81페이지) 여기서 망구소가

자신에게 일어나는 모든 일을 기록해야 한다는 생각에
사로잡혀 글쓰기를 멈출 수 없는 사람처럼 오랫동안
강박적으로 일기를 써 왔다는 사실을 떠올릴 필요가
있다. 작가가 그 강박을 놓아버릴 수 있게 된 건
어머니가 되어 시간에 대한 통제권의 많은 부분을 잃은
다음이었다. 이번에 함께 국내에 소개되는 작가의 또
다른 책 『망각 일기』는 80만여 단어에 이르는 두꺼운
일기에 대한 성찰을 담은 얇은 책이다. 그러니 『망각
일기』와 『300개의 단상』은 '(우리가 직접 볼 수는 없는)
매우 두꺼운 책들을 레퍼런스로 삼아 다시 쓰거나 미리
쓴 얇은 책'이라는 공통점이 있는 셈이다. 짧은 문장들
사이로 장난기 가득하면서도 지적인 한 여성 예술가의
얼굴이 언뜻언뜻 비치는 듯도 했지만, 나는 여전히
궁금했다. 작가는 왜 이런 방식을 택해야 했던 걸까?

나는 작가의 첫 책 『쇠락의 두 가지 유형(The Two
Kinds of Decay)』을 읽은 뒤에야 가느다란 실마리를
찾을 수 있었다. 망구소는 1995년 스물한 살 때 마비성
질환인 CIDP(만성 염증성 탈수초성 다발성 신경병증)에
걸려 투병을 시작했다. 신경계에 이상이 생겨 세포들이
자기 자신을 공격 대상으로 인식하고 망가뜨렸기
때문에 혈액을 몸 밖으로 빼내 혈장을 분리해 제거하고
대체 용액을 혼합해 다시 몸 안으로 주입하는 치료를
지속적으로 받아야 했고, 마비된 몸 여기저기에 튜브를
꽂은 채 움직일 수조차 없는 상태로 병상에 누워
9년을 보냈다. 회복된 뒤 한참의 시간이 지나 쓴 이

회고록에는 발병과 몹시 공격적이라 할 만한 치료 과정,
주사, 약물, 튜브, 피, 체액과 배설물, 통증과 몸의 감각,
할 수 있는 일과 할 수 없게 된 일, 의사와 간호사에
대한 인상, 기억과 상념에 이르기까지 투병 중의 몸과
일상에서 비롯된 남다른 사유가 생생하게 담겨 있다.
한번 읽기 시작하면 결코 손에서 놓을 수도, 잊을 수도
없는 종류의 책이다. 이 사람은 이 모든 것이 오직 자신의
기억 속에만 머물러 있다가 사라져버리는 일을 견딜 수
없었겠구나, 그 책을 읽으며 나는 생각했다.

그렇게 생각하니 『망각 일기』의 토대가 되었다는
25년간의 긴 일기에 대한 작가의 강박 역시 조금은
이해할 수 있을 것 같았다. 망구소는 쓰는 행위를 통해
죽음에, 혹은 죽음과도 같은 망각에 저항하고 있었다.
쉬지 않고 기록하는 동안 그는 자신에게 일어난 모든
일이 어디에도 남지 않은 채 무(無)로 변해버릴지
모른다는 생각을 밀어낼 수 있었을 것이다. 하지만
그 집착에 가까운 쓰기 행위는 한편으로 쓰지 않고
삼키기에는 압도적이던 시간들을 더 소화하기 쉬운
형태로 바꾸고, 자신의 것으로 받아들이고, 최종적으로는
망각하기 위해 반드시 필요한 과정이었을지도 모른다.
붙잡아두기 위한 쓰기와 비워내기 위한 쓰기. 망구소는
정반대로 보이지만 실은 서로 통하는 두 행위 사이에
놓인 시간을 재료 삼아 다양한 형태의 실험을 계속하고
있는 듯하다. 강박적으로 모든 것을 기록하려는 행위에서
한 걸음 더 나아가 압축하고 또 압축하는 과정을 거쳐

나온 『300개의 단상』이 가벼운 동시에 무겁게 느껴지는 것도, 시간 속에서 숙성하고 여러 번의 증류를 거쳐 나온 결과물처럼 묵직하면서도 바람처럼 홀가분하게 느껴지는 것도 어쩌면 그 때문인지도 모른다.

한 명의 독자로서, 나는 세라 망구소라는 낯선 작가의 세계에 매료되어 그라는 숲에서 아주 달콤한 기분에 휩싸인 채 길을 잃고 말았다. 들어가면 들어갈수록 더욱 궁금하고 알고 싶어지는, 빠져나오기 싫은 숲이었다. 역자로서 독자의 해석과 개입을 적극적으로 요구하는 원문의 특성을 최대한 살리기 위해 애를 썼지만, 두 언어의 구조적 차이 때문에 더 이상 요약할 수 없을 만큼 간결하고 날카로운 원문이 지닌 촌철살인의 감각이 일부 손실될 수밖에 없을 거라는 생각에 괴로웠다. 그러나 최선을 다해 작업했고, 이 심오하면서도 매력적인 문장들에 관한 의견을 편집자와 나누는 과정 또한 그 자체로 하나의 흥미진진한 문학 작업이었다. 멋지고 놀라운 작가를 알게 해준 필로우 출판사에 감사드린다.

2022년 11월
서제인

추천의 말

우리를 둘러싼 세상에 질서를 부여하려고 애쓰는 한
사람의 정신이 보여주는 압도적 풍경. 피부에 새기고
싶은 통찰을 담은 문장들로 빼곡히 채워져 있다.
— 셀레스트 응, 소설가

내가 특히 좋아하는 작가 중 한 명인 세라 망구소는
『300개의 단상』에서 인간이라는 존재의 본질을
탐구한다. 그는 레이저처럼 예리한 지성과 서정적인 재능,
포용력 있고 너그러운 마음을 두루 지닌 가장 뛰어난
시인이자 철학자다. — 대니 샤피로, 『계속쓰기: 나의
단어로』 저자

체급을 불문하고 현재 활동하는 권투 선수 가운데
최고가 누구냐는 논쟁을 문학 버전으로 바꿔놓는다면
어떨까? 『300개의 단상』은 분명 길이를 떠나 최근
몇년간 나온 책 중에서 가장 현명하고 자극이 되는
책이다. — 제프 다이어, 『그러나 아름다운』 저자

가끔은 우리가 알아야 하는 것들을 아는 것보다
그것들을 왜 알아야 하는지가 더 중요하다. 일상에 관한
흔치 않은 비망록인 『300개의 단상』은 우리가 살아가는
내내 반짝이는 참고 문헌이 되어줄 것이다. — 조애나
월시, 『호텔』 저자

예상치 못한 부분을 건드리고, 파고들며, 점차
확장시키는 생각의 콜라주. 이 글을 읽어나가는
명상적 경험은 마음을 차분하게 만들고 많은 생각을
불러일으킨다. 삶, 예술, 자아, 욕망, 관계에 대한 세라
망구소의 통찰은 보물과도 같다. 내가 쓴 산문과는 아주
다른, 세라 망구소의 산문을 좋아한다. 그는 나라면
10페이지가 필요했을 이야기를 한두 마디 말로 끝낸다.
— 앤절라 팜, 작가

『300개의 단상』은 나를 뒤흔들었다. 이 이야기에는
어둠이 깔려 있지만, 그것은 한눈 팔지 않고 현실을
직시하는 데서 오는 어둠이다. 이 책의 곳곳에는
상처받아본 사람만이 내뱉을 수 있는 유머가 포진하고
있다. 이것은 일종의 소설일까? 작가는 어디에선가 "이
책은 내가 쓰지 않은 소설에서 발췌한 좋은 문장들과
같다"라고 말했다. 주의 깊은 독자라면 이 짧은 글을
읽으며 좀 더 폭넓은 이야기를 감지할 수 있을 것이다.
세라 망구소는 그런 독자를 가질 자격이 있다.
— 존 제레미아 설리번, 작가

어느 시대에나 지혜로운 금언 작가들이 있다. 우리
시대에는 세라 망구소가 있다. 그는 마르쿠스
아우렐리우스, 토머스 아 켐피스, 몽테뉴의 대열에 오를
만하다. — 에드먼드 화이트, 소설가

이 책의 어느 부분이든 누군가의 냉장고에 자석으로

고정되어 있거나, 책상 앞에 걸려 있을 수 있다. 세라
망구소가 일군 300개의 신비로운 글 군집은 우리가
읽거나 쓰거나 욕망할 때 무엇을 하는지에 관한 질문들
사이를 폴짝폴짝 뛰어다니며 동그란 파장을 만들어낸다.
이 책은 논픽션으로 분류될 테지만, 사실 어떤 범주에도
넣을 수 없다. 동그란 파장들 사이에 배치된 침묵은
책의 일부로 작용한다. 수수께끼 같은 격언들은 조각난
시구처럼 천천히 쌓인다. 그리고 결국엔 한때 예이츠가
'자신과의 싸움'이라고 불렀던 것을 창조해 낸다. 시처럼.
—《NPR》

세라 망구소의 단상은 대안적 사실의 시대에 더욱
강렬하게 느껴진다. 시와 산문의 경계를 모호하게 만드는
『300개의 단상』은 확장되는 이야기인 동시에 작은 배
안에서 벌어지는 이야기다. 망구소는 작가라면 작은
공간에 가능한 한 많은 짐을 실어야 한다고 여기는 것
같다. 압축된 형태의 지혜에는 힘이 있다. 인간적이면서도
절박한 목소리는 새로운 공명과 기묘한 감각을 자아낸다.
—《뉴 리퍼블릭》

사적인 일화, 날것의 감정, 그리고 숨이 멎을 듯한
간결함이 있다. 세라 망구소는 기억의 힘, 그리고 살기
위해 쓰는 것이 아니라 쓰기 위해 사는 삶을 상기시킨다.
—《레니》

『300개의 단상』에서 세라 망구소는 위인들의

손아귀에 있던 격언을 빼앗아 와 생각을 자극하는
도구로 사용한다. 망구소의 불온한 주장은 독자들이
세상을 300여 개의 서로 다른 시각으로 보게끔 한다.
—《릿허브》

간결하고 풍자적이며, 비애가 깃들어 있다. 한 번의
주사로 근육통을 일으키는 백신과도 같다. 세라 망구소가
여러 논픽션을 통해 다룬 고통은 점점 보편화됐다.
첫 번째 책에서는 자신의 희귀병을 다루었고, 그다음
책에서는 자살로 친구를 잃은 슬픔에 대해 이야기했으며,
『망각 일기』에서는 시간의 흐름을, 『300개의 단상』에서는
충족되지 않는 욕망의 본성을 말한다. 망구소는 인간이
가진 고통의 원인을 욕망에서 찾는 불교적 시선으로
'인간의 상태'를 연구한다. 이 광활하고 혼란스러운
우주에서 그가 작가로서 제공할 수 있는 유일한 위안은
우리 모두 이 안에 함께 있다는 사실일 것이다.
—《네이션》

300개의 단상

1판 1쇄 발행 2022년 11월 22일

지은이
세라 망구소

옮긴이
서제인

편집
김지선

교정·교열
최현미

디자인
포퓰러

제작
공간

발행처
필로우
등록번호 제2020-000099호
문의 pillow.seoul@gmail.com

ISBN 979-11-975596-8-6 03800